Johannes Simang
Die Toten vom Reformationsplatz
Ein Spandau-Krimi

AF235631

Gewidmet: Der Männerarbeit
der Ev. Kirche Berlin-Brandenburg s. O.

Johannes Simang

Die Toten vom Reformationsplatz

Ein Spandau-Krimi
Kommissar Kreidler ermittelt

Bibliografische Information der Deutschen Nationalbibliothek: Die Deutsche Nationalbibliothek verzeichnet diese Publikation in der Deutschen Nationalbibliografie; detaillierte bibliografische Daten sind im Internet über dnb.dnb.de abrufbar.

Herstellung und Verlag: BoD – Books on Demand, Norderstedt

ISBN: 9783757863296

Inhalt

Vorwort

Vor 35 Jahren bin ich als Vikar nach Spandau gekommen, genaugenommen nach Staaken. In Heerstraße-Nord gab es keine lange Geschichte, aber viele soziale Netzwerke. Erst als Pastor im Hilfsdienst am Brunsbütteler Damm habe ich mich mit der Chronik Staakens beschäftigt. Da meine Frau gebürtige Spandauerin ist, hat es mich 30 Jahre später nun wieder hierher verschlagen. Wieder bewegt mich die Geschichte, aber es macht manchmal auch Spaß, das Metier zu wechseln. So wollte ich mich an einem Krimi versuchen. Ich bin auch mit über 70 J. noch aktiv als Landesmännerpfarrer unserer evangelischen Landeskirche. Das ist nur darum erwähnenswert, weil mancher beschriebene Typ dem einen oder anderen ähneln mag. Ich habe einige, die meisten in meinem Alter, sogar gefragt, ob ich sie beschreiben darf, alle haben sich darüber gefreut und mir die Erlaubnis erteilt. Einer ist leider inzwischen verstorben. So ist der kleine Krimi auch eine Art Gedenkstein.

Allen anderen sage ich: Danke für diese kreative Hilfe.

Eine Anmerkung sei mir aber doch noch gestattet. Ich hätte gern noch das eine oder andere Bild eingefügt, aber sämtliche alten Bilder sind von Buch- und Zeitungsverlagen mit einem nachträglichen Urheberrecht belegt. In unserem Rathaus in Spandau hängen leider keine Bilder von unseren Bürgermeistern. Ich finde, dass hätten Männer wie Oberbürgermeister Koeltze und andere herausragende Persönlichkeiten verdient. Sucht man sie im Internet, darf man sie wegen der erhobenen Urheberrechte nicht benutzen. Ich halte das für einen Missbrauch des Urheberrechtes, den unsere Politik endlich beseitigen sollte. Da lobe ich mir das amerikanische Urheberrecht … auf Texte und Bilder vor 1923 gibt es das nicht.

Nun aber genug kritisiert. Ich wünsche Freude mit Kommissar Kreidler und seinem Kollegen Barleben.

Johannes Simang

Ein neuer Fall

‚Fachkräftemangel‘, das müsste eigentlich das Unwort des Jahres werden. Kommissar Kreidler war auf dem Weg zum Rathaus. Dort sollte ihm ein neuer Kollege vorgestellt werden, was heißt, ein neuer Kollege: ein ‚Zeitarbeiter‘. Er war inzwischen der einzige Kommissar in Spandau in der Abteilung ‚Mord und Totschlag‘, nachdem sein älterer Kollege in den Ruhestand gegangen war und sich nur noch seiner Passion als Briefmarkensammler widmete.

Seit fünf Jahren war Kommissar Kreidler nun hier im Dienst, ein drahtiger Mittfünfziger, verheiratet und jedem Geheimnis auf der Spur, dass es wahrzunehmen galt. Er war gespannt, wer ihm da nun an die Seite gestellt wird. Es hieß, er sei seit der Wende als Privatdetektiv tätig. Am Rathaus angekommen fragte er den Pförtner, wo der Bürgermeister sein Büro hätte. „Es ist eher eine halbe Etage", entgegnete der Pförtner, „Fragen Sie im Sekretariat nach. 2.Etage, gegenüber vom Aufzug." Kommissar Kreidler folgte den Anweisungen und sah sich im Sekretariat zwei Männern gegenüber. „Dr. Silbermann", begrüßt ihn der Jüngere, „Bürgermeister von Spandau ... und Herr Barleben, Ralf Barleben." „Kreidler, ich sollte mich hier melden." Dr. Silbermann nahm den Faden auf: „Herr Barleben ebenfalls. Sie werden künftig zusammenarbeiten. Ich habe alles mit dem Polizeipräsidenten besprochen. Herr Barleben hat viele Aufträge für uns erledigt, daher halten wir ihn für fähig, Sie zu unterstützen." „Sonst erhalte ich meine

Aufträge und meine beruflichen Kontakte von meinen Vorgesetzten, wieso ist das jetzt anders."

Der Bürgermeister lächelte: „Sie sind doch lange genug in Spandau. Hier läuft manches anders … familiärer. Wir sind schließlich Spandauer … bei Berlin … das bedeutet auch kürzere Dienstwege." Er bat uns ins benachbarte Büro, das deutlich komfortabler und größer war und wies mit der Hand zu drei Sesseln am Fenster. Wir setzten uns.

„Wir haben ein Problem," begann der Bürgermeister, nachdem er sich gesetzt hatte. „Wir restaurieren gerade den Reformationsplatz. Hier in Spandau ist das immer spannend … Sie wissen ja, wir sind schließlich älter als Berlin. Meist finden wir Gräber oder Fundamente. Das Bauen wird dann stets eingestellt, und Archäologen tun ihren Dienst. Diesmal war es aber ganz anders. Neben den Grabungsarbeiten ist der Boden eingebrochen. Das Problem: es wurde nicht nur ein Toter aus vergangenen Zeiten gefunden, sondern auch ein Leichnam aus unseren Zeiten. Ich habe noch keine Informationen von der Pathologie, da bedienen wir uns doch der Berliner Institutionen, aber zumindest die zweite Leiche fällt wohl in Ihr Resort. Wir haben deshalb Herrn Barleben gewinnen können. Er arbeitet schon seit Jahren mit unserer Geschichtswerkstatt zusammen und kennt alle historischen Zusammenhänge. Sie werden merken, das wird Ihnen helfen. Er ist bereit, Ihnen mit einem unbefristeten Zeitarbeitsvertrag zur Seite zu stehen. Ich hoffe, Sie verstehen sich."

Der Kommissar sah zu Ralf Barleben. Er schien ein bis zwei Jahre älter sein als er. Ok, er sah schon ein wenig wie ein Rentner aus, hatte aber sehr wache Augen. „Versuchen wollen wir es, ist doch klar. Wo bekomme ich meine Unterlagen?"

„Bei Ihnen in der Dienststelle in der Moritzstraße. Danke für Ihre Bereitschaft, Herr Kreidler. Auf gute Zusammenarbeit." Der Bürgermeister erhob sich und drückte beiden, die sich verabschiedeten, die Hand.

Sie verließen das Rathaus und gingen in Richtung Marktplatz. „Ansehen können wir uns den Tatort wohl nicht mehr, um zu einem ersten Eindruck zu kommen", sagte der Kommissar. Barleben sah ihn an: „Ich war aber da. Es hat stark geregnet, daher ist die Steindecke über einem Hohlraum eingebrochen. In der Nacht muss es wohl Auseinandersetzungen auf der Baustelle gegeben haben, denn der Bereich war abgesperrt, aber eben doch leicht zugänglich. Der zweite Leichnam ist wohl das Ergebnis eines Streites gewesen. Der Tote lag direkt auf dem archäologisch interessanten Leichnam."

„Ein grusliger Gedanke, auf eine uralte Leiche zu fallen", kommentierte der Kommissar die Überlegungen. „Wir sehen uns morgen den Ort mal an. Aber erst kommt das Aktenstudium. Morgen kommt vielleicht ja schon der Bericht von der Pathologie. Hier ist schon die Moritzstraße. Kommen Sie mit rauf, dann bekommen Sie eine Kopie der Akten. Morgen treffen wir uns dann um 8 Uhr vor dem Kommissariat."

So geschah es. Beide hatten den Kopf voll mit dem neuen Fall ... Kommissar Kreidler fuhr mit dem Wagen heim nach Potsdam, der Detektiv mit dem Bus nach Staaken. Die Gedanken am Abend werden sich wohl geglichen haben.

Die Vergangenheit umarmt die Gegenwart

Pünktlich um 8 Uhr trafen sie sich. Keine 10 Min. später waren sie am Tatort auf dem Reformationsplatz. Erst einmal vermittelt es ihnen den Eindruck einer ganz normalen Baustelle: alles abgezäunt, aber kein Arbeiter war zu sehen. Ralf Barleben steuerte auf das Denkmal zu: „Hier wurden damals Pestleichen vergraben." Sie standen kaum zwei Meter neben dem Denkmal Joachim II. „Bis hierher reichte der einstige Kirchhof, obwohl der damalige Kurfürst Georg Wilhelm angeordnet hatte, die Leichen außerhalb der Stadt zu begraben, was später dann auch geschah, ... naja, fast, denn man nutzte den Friedhof der Moritzkirche, Moritz-, Ecke Jüdenstraße. Fast die Hälfte der Spandauer Bevölkerung starb damals." „Wann war damals?" fragte der Kommissar. „1637 – im 30-jährigen Krieg."

„So alt soll die Leiche sein?" sagte Kreidler verblüfft. „Das wird der Bericht der Pathologie zeigen, denn es gab in Spandau wohl seit dem ausgehenden Mittelalter fünf Seuchenjahre. Nicht immer war es die Pest, manchmal starben die Menschen auch an einem Milzbranderreger oder an Cholera. In den Annalen heißt es aber immer Pest."

„Woher weißt Du das denn alles?" der Kommissar sah ihn an, als stände er im Klassenzimmer an der

Tafel und hätte keine Ahnung. „Der Bürgermeister hat es doch erwähnt. Der Ort, profunde Geheimnisse unserer Stadt, sorry, unseres Bezirks, aufzudecken, ist die Geschichtswerkstatt in der Adamstraße. Übrigens, das Du ist ok. Ich heiße Ralf."

„Wolfgang. Der Bericht der Pathologie ist leider noch nicht da, die haben wohl auch Genmaterial im Knochenmark der älteren Leiche gefunden. Wer weiß, was die alles rauskriegen. Ach, das Wichtigste, wie war denn die Auffinde-Situation … und gibt es Zeugen?"

„Ja," antwortete Ralf, „hinter der Kirche graben Archäologen, deshalb ruhen jetzt auch die Arbeiten. Lass uns mal hingehen."

Sie sahen noch einmal auf die separat abgesperrte Stelle neben dem Denkmal, aber man sah nur eine Vertiefung, in die das Deckpflaster ca. 60-80 cm hineingestürzt war.

Dem Rat von Ralf Barleben folgend, wandte er sich der Kirche zu. Tatsächlich fanden sie einige junge Leute und einen Herrn im mittleren Jahren, der offenbar die Grabungen leitete.

Sie wandten sich ihm zu: „Mordkommission Spandau, Kreidler und Barleben. Hätten Sie einen Moment Zeit für uns?"

„Maier, Darius Maier, sie sind wegen der aufgefundenen Leichname da. Wir haben sie gestern der Pathologie gemeldet, weil ein Verstorbener keine historische Person war, d.h. nicht aus der Zeit, die uns interessiert. Wir haben schon veranlasst, dass der ältere Leichnam uns morgen überstellt wird."

„Und wie war die Auffinde Situation?" entgegnete Kommissar Kreidler. „Wir haben da gar nicht gegraben," antwortete Dr. Maier, „erst zu Feierabend haben wir gesehen, dass es durch Starkregen einen Einbruch im Deckpflaster neben dem Denkmal Joachims II. gegeben hat. Wir hatten zuvor damit zu tun, dass durch das Wasser nicht unsere Grabung konterminiert wird. Aus der Geschichte kennen wir hier aber solche Einbrüche. 1739 verlangte das Militär einen Exerzierplatz, daher wurde gegen den Protest des Magistrats, der Kirchenverwaltung und der Bürger die südliche Friedhofsmauer eingerissen, was die Protestierenden sogar bezahlen mussten; Sie kennen sicher den Soldatenkönig. Heute würde er wohl in einer Anstalt leben, da er seine Dienerschaft schlug und eine pathologische Liebe zu den sog ‚Langen Kerls' hatte, die hatten so Ihre Größe, Herr Kommissar, aber damals waren die Menschen im Durchschnitt so um 20 cm kleiner. Gegen den brauchten übrigens die Nachbarn Österreich, Polen oder Frankreich schon deshalb keinen Krieg führen, weil der ihnen für ein paar Soldaten ganze Landstriche gab. Naja, was Erbmonarchie so für seltsame Erscheinungen hervorbrachte … der preußische Ludwig war leider etwas prosaischer, aber genauso introvertiert. Nun, elf Jahre später ließ er auch die restliche Friedhofsmauer einreißen - der Platz wurde planiert - die Bürger durften alles bezahlen, aber hatten kein Mitspracherecht, also holten sie sich die Grabsteine ins Haus, bzw. stellten sie in ihren Gärten auf. Die Strafe für den frevelnden König folgte bald:

Absackende Grabstellen führten zu ständigen Schäden, so dass der Platz sich zum Marschieren nicht eignete. 1777 ließ der Spandauer Kommandeur des Infantrieregiments Prinz Heinrich Nr.43 den Platz begrünen und mit Walnussbäumen und Birken bepflanzen. 1816 wurde das Denkmal zur Erinnerung an die Gefallenen der Befreiungskriege 1813-1815 errichtet und von Schinkel eingeweiht."

Der Kommissar lächelte: „Na, dann wissen wir ja umfassend Bescheid. Wir bräuchten nur noch die Namen der Zeugen und deren Kontaktadressen."

„Gern," sagte Dr. Maier verlegen und reicht ihm seine Visitenkarte. Zwei der jungen Leute trugen sich noch auf der Rückseite ein. „Ich bin nur kommissarischer Leiter, da gerade eine neue Leitung gesucht wird."

„Kein Problem, aber noch eine Frage: Haben Sie sofort gesehen, dass unter den Decksteinen des Pflasters noch Leichname lagen?" fragte Barleben.

„Einen haben wir vermutet, die Decksteine waren auch seltsam unordentlich angeordnet. Wir haben schon befürchtet, dass da jemand eine Privatgrabung durchgeführt hat, aber dann sahen wir zwischen den Steinen helle Haut. Normalerweise finden wir nur Knochen oder Tote mit bräunlich lederner Haut. Deswegen haben wir auch die Pathologie verständigt. Das Besondere aber war, dass die Extremitäten der älteren Leiche so lagen, als würden sie die neue Leiche mit Händen und Füßen umarmen."

„Seltsam, … aber gut, danke, wir melden uns, wenn wir noch Fragen haben sollten." „Gern," sagte Dr.

Maier und wandte sich wieder seinen Studenten und Studentinnen zu.

Auf dem Weg zum Kommissariat wies Ralf Wolfgang auf den Platz des alten Rathauses hin und erzählt: „Der Marktplatz reichte einst von der Kirchhofmauer bis zur Moritzstraße, die sich bis zur Breiten Straße erstreckte, und war mit Bretterbuden bestückt. Die ansässigen Kaufleute und durchziehende Händler, die ein Visum von der Bewirtschaftung des Marktplatzes hatten, durften hier ihre Waren anbieten, also auch die Apotheker, wie die von der Adler- und der Löwen-Apotheke. Die Adlerapotheke ist ja erst 1611 gegründet worden, eben wegen einer Pest, die 1611 über die Stadt gekommen war – ca. 1500 von den 2500 Einwohner starben damals. Die Löwenapotheke in der Breitenstraße gab es schon länger mit dem Namen Garnisonsapotheke."

Adler-Apotheke

Sie bogen in die Moritzstraße ein. „Dort, Ecke Jüdenstraße, stand wohl die Moritzkirche. Nach ‚Mauritius' benannt, der der ‚Schutzheilige aller Waffenbrüder' war. Die Nikolaikirche ist entsprechend ihrer Nähe zum Marktplatz nach dem Schutzheiligen der Gewerbetreibenden benannt. Davon gab es in Deutschland zwölftausend Kirchen mit diesem Namen. Die Moritzkirche soll übrigens die älteste Kirche Berlins sein, wenn auch der Kirchhof erst der dritte in Spandau ist."

„Das heißt, es gab noch einen älteren Friedhof als den Kirchhof der Nikolaikirche? fragte der Kommissar erstaunt.

„Das ist tatsächlich so," sagte Ralf, „Archäologische Untersuchungen der letzten Jahre haben auf dem Spandauer Burgwall einen ersten christlichen Begräbnisplatz auf Spandauer Gebiet nachgewiesen. Die gab es also nicht in der heutigen Altstadt, sondern an der Krowelstraße. Der Bereich gehörte zur Burg 8 und war wohl eine erste frühdeutsche Siedlung auf dem Gelände des Burgwalls. Datiert auf das 12. Jahrhundert. Die Toten waren in Holzsärgen beigesetzt worden, aber auch auf Totenbrettern, manche sogar ohne Leichentuch.

Die Siedlung auf dem Burgwall wurde aber aufgegeben und entstand an der Stelle der heutigen Spandauer Altstadt in der 2.Hälfte des 12. Jahrhunderts neu."

„Danke, Ralf, aber in meinem Kopf schwirren die Zahlen schon durcheinander." Der Kommissar wirkte ermattet. „Wir sprechen lieber noch mit einigen Anwohnern am Reformations- oder Marktplatz, auch der Polizeibericht dürfte interessant sein. Wir fangen bei den Kollegen an." „Und Kolleginnen," ergänzt Ralf, „Gendern ist Pflicht."

Gespräche, die ins Nichts führen

„Im Polizeibericht stehen zwei Ereignisse für diese Nacht," sinnierte der Kommissar, „eines am Markt, im Bereich des ‚gestreckten Rückrats', Ralf, du kennst doch diese Plastik, oder?" „Wird die Plastik noch so kritisch gesehen?" Ralf hielt es erst für eine rhetorische Frage, reagierte aber dennoch: „Die Spandauer scheinen sich daran gewöhnt zu haben. Im Sommer ist sie sogar ein richtiger Anziehungspunkt: Wasserspiele an einem lauen Abend. Meistens spielen da sogar auch Musiker. Ich habe da schon oft gesessen. Es ist schön, ja, ich glaube die Spandauer mögen die Plastik inzwischen."

Plastik auf dem Marktplatz

„Ich gehe lieber in den Sanssouci-Park, da habe ich das alles auch, aber ok, Man geht dahin, wo man wohnt. Übrigens, ich habe hier einige Zeugen. Die meisten haben nur den Bodeneinbruch bemerkt, wie die Besucher eines Abendkonzertes in der Nikolaikirche. Die beiden im Polizeibericht erwähnten Ruhestörungen dürften da mehr hingeben. Wir können ja

18

mal fragen gehen." „Ok." war die bestätigende, aber sparsame Antwort.

Sie gingen durch die Moritzstraße zum Markt. Gleich rechts sahen sie den Späti. „Lass uns dort mal fragen, den Betreibern solcher Spätis entgeht doch meist nichts, was sich an ihrem Straßenbereich abspielt. Und … wer randaliert, trinkt auch meistens ganz gern."

Am Späti angekommen, fand er den Besitzer schon bei den Vorbereitungen für das baldige Öffnen seines Geschäftes. Sie warteten, bis die Lieferungen abgeschlossen waren und stellten sich die Ausweise hochhaltend vor. „Barleben und Kommissar Kreidler." „Wie kann ich helfen?" fragte der Geschäftsinhaber ein wenig erstaunt. „Vielleicht, haben Sie etwas von der nächtlichen Ruhestörung gehört?" fragte der Kommissar. „Meist sind wir ja das Ziel solcher Vorwürfe, aber diesmal haben sich meine Stammgäste auch darüber aufgeregt. Ich weiß es nur aus zweiter Hand, wie man so sagt, von ihnen, Kutte und Kalle, die treffen Sie so ab 18 Uhr hier. Es ging wohl heftig zu und spielte sich schräg gegenüber ab, wo man am nächsten Tag das Loch im Boden fand. Wie das zustande kam, weiß ich nicht, aber fragen Sie später Kutte und Kalle. Die trinken hier jeden Abend 2-6 Biere … na ja, am Ende des Monats eher weniger." „Danke", sagte Barleben, „wir melden uns gegen Abend wieder."

Beim Markt angekommen fragte der Kommissar ein wenig schelmisch: „Hat der Späti auch eine Geschichte?" „In Berlin auf jeden Fall," sagt Ralf amüsiert, „damals tauchte in Berlin das Mineralwasser auf. Die Städter haben ja leichtes Bier statt Wasser getrunken, da der Alkohol Bakterien abtötet. Aber mit der Herstellung von Mineralwasser, dafür wird das Jahr 1859 genannt, wurde das in sog. ,beweglichen Trinkhallen' verkauft. Die erste ,bewegliche Trinkhalle' wurde sogar von Martin Gropius entworfen und nach seinen Plänen gebaut. Der Rat von Berlin und die Polizei förderten die Aufstellung dieser Kioske wegen der ansteigenden Alkoholsucht in der Bevölkerung. Die Betreiber dieser Kioske verkauften aber bald auch Bier außerhalb der üblichen Geschäftszeiten, die ihnen zugebilligt worden waren."

„Ich habe es ja geahnt, Ralf, selbst so etwas weißt du," stöhnte der Kommissar, „es gab übrigens auch Meldungen aus der Adler-Apotheke, die hatten da irgendeine Veranstaltung ,länger fit leben' oder so. Ich wusste gar nicht, dass Apotheker auch Veranstaltungen durchführen." „Das machen die schon lange," erwiderte Ralf, „ich war sogar schon einmal da. Es ging damals um den gesunden Arbeitsplatz."

„So viel, wie wir rumlaufen, haben wir den doch eh. Wie lang sagtest Du gestern, gibt es die Apotheke schon?"

„Seit 1611, es gab damals die Pest in Spandau." „Ach ja," erinnerte sich der Kommissar. „Davon habe ich gehört." Ralf dozierte weiter: „Die Wahl fiel auf Christoph Piper aus Bernau, der nun seine Produkte an Einheimische und Auswärtige und auf Märkten verkaufen durfte … das Dokument ist noch in

Archiven aufbewahrt. Jener Christoph Piper wurde später auch Ratsherr und Kämmerer in Spandau und übergab die Apotheke an zwei seiner Schwiegersöhne. Dann aber wechselte der Besitz der Apotheke sehr häufig. Mitte des 19. Jh. kam dann Friedrich Doehl, der machte die Apotheke durch den Zusammenschluss mit einer inzwischen dritten Apotheke wieder rentabel, die soundso ‚*aus Mangel hinlänglicher Nahrung in einen solch schlechten Zustand geriet, dass der Apotheker seine Hantierung aufgeben musste‘*. Da bekam die Apotheke erst ihren heutigen Namen ‚Adler-Apotheke‘. Er baute dann auch einen Neubau.

Das jetzige Aussehen hat sie aber Julius Siegmann zu verdanken, der ab 1910 da war. Er starb übrigens im KZ Theresienstadt. Ein Mitarbeiter erhielt dann das Privileg, Grund und Boden blieb aber bei den Erben Siegmanns. Der folgende Besitzer Wolfgang Vogel hat die Apotheke aufgestockt und die Vogels führen sie nun schon in fünfter Generation." Ralf Barleben ging auf die Tür zu.

Der Kommissar folgte ihm. Sie warteten eine Kundin ab und stellten sich unter Vorzeigen der Ausweise vor. „Haben Sie gestern etwas von dem Vorfall wahrgenommen?" „Das kann man wohl sagen, antwortete die Dame am Apothekertresen. Wir hatten eine Veranstaltung für Kollegen und Kolleginnen, „länger fit bleiben", vom Verband gefördert, da geht es um Ernährungsfragen, Präventionsstrategien und Behandlungsformen, aber das wird sie weniger interessieren; als die meisten gehen wollten, gab es wohl eine Prügelei in der Höhe des Denkmals, jedenfalls hörte es sich so an. Wir blieben erst noch in der Apotheke, so bis 0.30 Uhr, dann kam die Polizei und sorgte für Ruhe. Ich räumte noch für den nächsten Tag alles um, wir haben den Verkaufsraum als Tagungsrum genutzt, daher habe ich danach immer gut zu tun. Jedenfalls gab es noch einmal lauten Streit von der Höhe der Plastik, aber das schwoll ab in den üblichen Lärm, den die Kunden des Spätis oft machen, daher habe ich dem keine weitere Beachtung geschenkt."

„Haben Sie oft Probleme mit der Kundschaft des Spätis?" fragte Barleben. „Eigentlich nicht, wir schließen ja meist um 18 Uhr, räumen noch ein wenig auf. Oft hören wir auch gar nichts. Die meisten trinken nur in Ruhe ihr Feierabendbier und fliehen der Einsamkeit ihrer vier Wände." „Das ist auch nicht wichtig, ich wollte nur hören, ob solche Lärmstörungen normal sind. Gut, wenn der Kommissar nicht noch Fragen hat, lassen wir Ihnen unsere Karte da, falls Ihnen oder einem der Teilnehmenden der Veranstaltung noch etwas Bemerkenswertes einfällt. Wir würden uns über Hilfe freuen." „Selbstverständlich", sagte die Angesprochene und wandte sich einer neu eingetretenen Kundin zu.

Historische Verwicklungen

„Komm, Ralf, wir gehen zum Kommissariat, vielleicht ist ja das Gutachten der Pathologie schon da, denn genaugenommen wissen wir bis jetzt noch nichts."

Sie bogen die Moritzstraße ein. „Von Kutte und Kalle erwarte ich ehrlich gesagt auch nicht viel, wir werden sie aber wohl heute Abend anhören müssen," sinnierte der Detektiv. „Leider," ergänzte Wolfgang Kreidler, „ich denke ähnlich, aber vielleicht hilft uns das Gutachten, wenigstens ein Bild vom Opfer zu erhalten." „Von beiden Opfern wäre mir lieber, Wolfgang."

„Sag mal, Ralf, wie ist das eigentlich mit deiner Anstellung. Bist du wirklich so etwas wie ein Zeitarbeiter." „Genaugenommen habe ich ein festes Gehalt, dass ich solange beziehen kann, wie es Fälle gibt. Es ist sozusagen ein ‚projektbezogener Vertrag‘, naja, ich dachte ‚Morde passieren immer‘, außerdem gehe ich in fünf Jahren in Rente. Was Besseres konnte mir gar nicht passieren, dachte ich." „Wahrscheinlich hast du ja recht, Ralf. Warst du eigentlich immer schon Detektiv?" „Ne, gut 12 Jahre war ich bei der NVA. Das waren die besten Jahre, die ich erlebt habe. Ich habe als Schleifer gegolten, aber ‚Schleifer mit Herz‘. Ich habe nie andere schikaniert, es sei denn, sie waren faul … davon gab es einige. Manche musste ich erst daran gewöhnen, einen festen Tagesablauf anzunehmen. Die Familien von denen danken es mir noch heute. Wer bei mir war, hat auch begriffen, dass Arbeit die beste Grundlage für ein gutes Leben ist."

„In der DDR hast du gelebt. Hattest du auch mit der Stasi zu tun?" „Nie, das schwöre ich. Ich war immer loyal, aber Spitzel sind kriminell … für mich war Gerechtigkeit immer das oberste Gebot."

„Ist ja ok, wir aus dem Westen können die Situation eh nicht richtig beurteilen, wenn man aber hört, das von 17 Mill. DDR-Bürgern 1 Mill. andere bespitzelt haben, macht das einen schon fassungslos." „Was meinst du," entgegnete Ralf, „in wieviel Berichten über mich geschrieben wurde. Die haben alle harmlose Sachen geschrieben, dachten sie, … aber wer wusste schon, was die Stasi draus gemacht hat. Ich kenne einen Pfarrer, der war nach der Wende in Eisenhüttenstadt, der hat erzählt, dass er einen Panzerschrank voller Akten hatte. Meistens haben Frauen die Akten gebracht, weil ihre Männer sich jeden Abend neu darüber aufgeregt haben. Irgendwann haben die Frauen dann gesagt, entweder ich gehe, oder die Akten kommen unter Verschluss. Ich kenne wohl keinen anderen Pfarrer, der so viel Ehen nicht nur geschlossen, sondern auch gerettet hat."

„Wir sind da, Ralf, danke für dein Vertrauen. So ein Gespräch ist doch besser, als deine privaten Stadtführungen." Ralf schmollte ein wenig.

Beide kamen ins Büro und fanden das Gutachten. Nach kurzer Lektüre fiel dem Kommissar fast die Kinnlade runter. „Ralf, hör mal, der Pathologe schreibt, dass der ältere Leichnam im Knochenmark noch untersuchungsfähiges Gen-Material hatte. Nach deren Untersuchungen sind die beiden Toten verwandt gewesen!?" Der Detektiv sah im ersten Moment genauso verblüfft aus, aber seine Züge entspannten sich sichtlich schneller. „Wie alt ist denn die erste Leiche?" fragte er. „Irgendwie um die Mitte des

17. Jahrhunderts." Genauer wird es die archäologische Untersuchung ergeben. Aber das Besondere ist, dass beide verwandt waren, der alte und der neue Verstorbene."

„Das ist doch Unfug echauffierte sich Ralf Barleben. Verwandtschaftsverhältnisse können genetisch ca. 3-4 Generationen bestimmt werden, danach kann man allenfalls Volkszugehörigkeiten bestimmen."

„Zugegeben," entgegnete Wolfgang, „aber hier steht, die haben sich die Berichte vom Archäologischen Institut schicken lassen, und danach gab es in der Staakener Dorfkirche Untersuchungen bei Restaurierungsarbeiten, in denen man Genmaterial aus dem 19. Jahrhundert gefunden hatte. Das gehörte zu einem Landbesitzer Ludwig Gutschmidt, dem Nachbarn des Pfarrgrundstücks in Staaken. Und mit dem sind beide verwandt!"

Ralf Barleben dachte laut: „Nach der Wende hat der dortige Pfarrer Rauer tatsächlich eine Restauration durchführen lassen, so um 1993-94." „Passt doch!" sagte der Kommissar. „Die ältere Leiche wird ja im Archäologischen Institut untersucht, ich werde auch von dort einen Bericht anfordern." Ralf blieb skeptisch: „Vier Generationen dauern 70-80 Jahre, aber 200 Jahre, das sind rund 10 Generationen. Also ich habe Zweifel. Solche Bestimmungen habe ich bisher nur von unlauteren Gen-Test-Anbietern gehört."

„Immerhin können wir beide Personen irgendwie einordnen, vielleicht erfahren wir ja noch mehr," sagte Wolfgang, „ich ahne schon, das wird ein seltsamer Fall … mit viel zu lesendem Papier verbunden."

„Ich finde, solche historischen Hürden machen die Sache doch eigentlich spannend," Ralf wirkte sichtlich interessierter. „Seltsam nur, dass die beiden Staakener hier in Spandau gefunden wurden," sagte Wolfgang etwas hilflos. Ralf sah ihn an: „In dem Dorf Staaken gab es doch nie einen Markt, was meinst du, wie die zu Geld gekommen sind? Die haben ihre landwirtschaftlichen Waren über den Bullengraben zum Markt nach Spandau gebracht, haben am Potsdamer Tor ihren Zoll bezahlt, um die Waren verkaufen zu können. Und die Söhne, die nicht geerbt haben, sind bestimmt als Tagelöhner oder als Handwerker nach Spandau gezogen. Na und die Töchter haben hierher geheiratet. Wahrscheinlich wurden mehr Staakener zu Spandauer als die Zahl derer, die in Staaken bleiben konnten." Der Kommissar stöhnte: „Das können doch nur Historiker ermitteln." „Da kenne ich einige kluge Köpfe, du erinnerst dich: die Spandauer Geschichtswerkstatt?" grinste Ralf. Das Gesicht des Kommissars sah aus, als hätte er einen Hexenschuss: „Noch mehr Reiseführerinformationen, ich habe es geahnt." „Wenn es der Wahrheit dient," schmunzelte der Detektiv.

Verschwörungstheorien

„Es wird Zeit, wir sind mit Kutte und Kalle verabredet. Du erinnerst Dich?" fragte der Kommissar. „Klar, ich wollte auch gerade daran erinnern," kaum ausgesprochen, erhob er sich. Beide machten sich auf den Weg, überquerten den Altstädter Ring und waren nach fünf Minuten an der Carl Schurz-Straße. Schon von weitem sahen sie, dass ein Reporter zwei

Männer interviewte. Der Reporter hatte sich offenbar erst vorgestellt, denn als sie ankommen fragte er gerade: „Freuen Sie sich, dass König Charles III. in der Stadt ist?" „Nee," sagt der größere von beiden „der hätte ma früher kommen solln, als et noch det Zuchthaus jejeben hat. Da jehörn se doch alle rin, die Steuerschmarotzer. Aba da hamse ja nur die kleenen Leute einjesperrt. Da hätte der sojar een'n Beruf jelernt. Weber zum Beispiel. Da hätte der zwar keen Jeld jekrigt, aber immerhin freiet Wohnen und freie Kost. Mehr ham wir Rentner heute doch ooch nich." Der Reporter: „Sind Sie Spandauer, schon immer?" „Der ja," mischte sich der Zweite ein, „Kutte nich, aber ick komme aus Friedrichshain, da konnte ick aber kaum noch die Miete zahlen. Und denn wohnen da ooch nur Varückte. Ick hatte det kleenste Auto in der Straße, aber die Chaoten haben et mit Sekt- und Bierpullen zerdonnert. Daneben die Daimler und BMW's haben se nich angerührt. Wat sind det für Chaoten … immer uff die Kleenen, statt uff die Bonzen. Und so fahrn se ooch mit den Drahteseln und den blöden Rollern … immer schön uff'en Bürjersteig. Wat ick springen musste, wie um meen Leben. Und ick sach ihnen, wenn ick meene 120 Kilo beweje, bleibt keen Ooje trocken. Ick bin der Erdanziehungskraft völlig ausjeliefert, und wer dazwischensteht, kann sein Testament machen. Da hätte der Charles mal steh'n soll'n, dann hätten die Engländer jetzt keenen Könich mehr. Mit dem Jeld, wat der in England ausjibt, würde die Ukraine den Krieg jejen die Russen leicht gewinnen." Der Reporter hatte wohl anderes erwartet und verabschiedete sich schnell. Der Späti-Betreiber nickte ihnen zu und wies auf die Interviewten. „Das sind Kutte und Kalle."

Barleben grinste. Sie gingen zu ihnen und stellten sich vor. „Kutte," sagte der Angesprochene, „Interviews gibt es nur noch jejen ne Lage." Der Detektiv nickte dem Späti-Betreiber zu. „Geht in Ordnung. Sie waren doch nach Mitternacht noch hier, oder?" „War'n wa, is det jetzt strafbar?" „Nein," mischte sich der Kommissar ein, „aber wir suchen die Verursacher der Streitigkeiten." „Det war'n nicht die Araber oder die Türken, die Jungs, die hier sonst een bisschen Bambule machen, eh'r so pinkelfeine Leute, da jing et ooch janz schön zur Sache." „Ick sach dir," mischte sich Kalle ein, „det is der alte Kampf der grauen Eminenzen." Der Kommissar wirkte desorientiert. „... der alte Kampf der grauen Eminenzen? ..." „Na, Sie kenn'n doch die Templer, als die in Tempelhof ihr'n Hauptstandort jebaut hab'n, habn die alle Kirche in Berlin und Umjebung unter Kontrolle jehabt. Det hab'n dann die Freimaurer übernommen. Glaub'n se wirklich, die im Rathaus hab'n wat zu sagen. Det sind doch Papiertiger und Fingerpuppen. Wenn die Freimaurer ana Strippe ziehn, tanzen die wie een alter Zirkusbär."

Dem Kommissar fiel fast die Kinnlade runter. Ein Blick zu Ralf zeigte ihm, dass der ähnlich verblüfft war. „Uns reicht eigentlich, wenn wir eine Beschreibung der Männer bekommen. „Na, jeschniegelt und piekfeine, kurze Haare, Anzuch und Schlips. Mehr wa nich zu sehn, det Leihaus spart ja ooch

Strom, seit der Putin varückt spielt. Zeit für'n Selfie war ooch nich," sagt Kutte lachend.

Beide verabschiedeten sich, nachdem Barleben die zwei Bier bezahlt hatte. Einige Schritte weg sagte der Kommissar: „Ich wusste gar nicht, dass es so was wie Freimaurer noch gibt." Barleben sagte: „Die gibt es tatsächlich noch, die Große National-Mutterloge ‚Zu den drei Weltkugeln' ist sogar in unserer Nähe in der Heerstraße. So viel Geheimnisvolles gibt es da aber nicht, außer dass sie über ihre Rituale schweigen. Aber auch darüber gibt es Bücher. Sie sehen sich als Humanisten, die alle Religionen tolerieren. Ich war mal mit einem früheren Pfarrer aus Friedrichshain in Israel. Der wurde nach einem Vortrag für die Mitfahrenden eingeladen. David hieß der Eingeladene, aber seine Frau sagte daheim immer Heinz. Und in deren Flur hing ein Logenbild, da sah man ihn, ungefähr 30 weitere Männer, und unter denen ein ehemaliger CDU-Bürgermeister aus Berlin. Ich habe vielleicht gestaunt. Heinz-David erzählte dann, dass sei seine deutsche Loge, die er immer noch zweimal jährlich besuchen würde."

„Ok, es gibt sie noch," konstatierte Kreidler, „aber wie erfahren wir nun mehr." „Na ja, von Freimaurern werden wir nicht mehr erfahren, als öffentlich bekannt ist, vielleicht Pfarrer, evangelische oder katholische Pfarrer und Pfarrerinnen, den in Nikolai gibt es auch eine Pfarrerin."

„Gut, Schluss für heute. Überschlafen wir das Gehörte. Sag mal, wohnst Du in Staaken? … weil Du doch da den Pfarrer kennst. Kann ich Dich mit dem Wagen auf meinem Weg nach Potsdam mitnehmen?" „Gern," sagte Ralf auf dem Weg zum Kommissariat.

‚Zu Besserung nach Spandau!'

Punkt acht Uhr hallte der Ruf „Kreidler, Barleben" durch den Flur. ‚Die liebliche Stimme des Chefs', dachte der Kommissar. Beide waren schon eine Viertelstunde im Kommissariat und gingen nun im Gänsemarsch zum Leiter des Kommissariats. Angekommen hören sie ein knappes „Danke!" und dann die Frage: „Der Bürgermeister erbittet einen Zwischenbericht. Haben Sie was?" „Ja, …" sagte Kreidler, bevor er aber den Satz fortsetzen kann, schnitt ihm der Chef mit einer Handbewegung die Worte ab. „Mir reicht der Bericht, gehen Sie bitte zu Dr. Silbermann." „Alles klar!"

Auf dem Weg fragte der Kommissar: „Ich wusste gar nicht, dass die Zitadelle auch mal Zuchthaus war?" „War sie auch nicht, es gab zwar ein Gefängnis, dass Zuchthaus aber war hinter dem Potsdamer Tor in Höhe der Charlottenstraße und reichte bis hierher zur Moritzstraße. Wir würden jetzt an der Außenwand vorbeilaufen, wäre es noch vor 1898, da ist es nämlich abgerissen worden," sagte er, nachdem sie die Jüdenstraße überquert hatten.

Die Toten vom Reformationsplatz

Die Fassade seitlich hinter der Bibliothek entspricht der Fassade des Anbaus zur Vergrößerungt des Zuchthauses, das 1898 zugunsten der Kaiserlichen Post abgerissen wurde (heute genutzt als Bibliothek und Volkshochschule). Die Fenster waren natürlich vergittert.

„Dort hat auch der berühmte Johann Gottfried Kinkel gesessen." „Berühmt? Kenn ich nicht, erzähl lieber, wer da sonst noch saß," sagte der Kommissar. Barleben dachte kurz nach: „Weitere Leute kenne ich nicht, meist waren es arme Teufel, die in Berlin gescheitert waren: Tagelöhner, Wäscherinnen, Handwerker, die ihre Arbeit verloren haben. Manche Frauen zogen im Knast ihre Kinder auf ... die Kinder kannten bis zum Lehrplatz, wenn sie denn einen bekamen, nur das Zuchthaus. In Berlin hieß es damals ‚Bis zur Besserung nach Spandow', die meisten haben das Gebäude aber erst im Sarg verlassen. Weil ihnen gewissenlose ‚Jobspekulanten' und ausbeuterische Betriebsinhaber die Löhne so gedrückt haben, dass sie am Verhungern waren, also sind sie verhungert oder haben gestohlen. Im Zuchthaus durften sie dann lebenslang für den Staat arbeiten, wie der Krakeeler gestern am Späti gesagt hat: für Kost und Logis. Berlin war damals ein Haifischbecken."

Kaiserliches Postamt

„Und wo war das Potsdamer Tor?" „Also, Herr Kommissar, wir gehen doch ständig an der Erinnerungstafel vorbei. Dort hinten links, am Rathaus hinter C&A," sagte Barleben ein wenig vorwurfsvoll.

Das Potsdamer Tor / Klostertor

Dort angekommen las der Kommissar. „Aus dem 13. Jahrhundert, später sogar mit Zugbrücke! – Hier also begann die Stadt Spandau. Das Rathaus, sagtest du gestern, war am Markt." „Genau, hier gab es einen Zwinger und den Zoll. Wo heute das Rathaus ist, lebten in kleinen Hütten und Werkstätten Handwerker, welche Holz verarbeiteten. Dahinter liegt noch der Stabholzgarten, wo das Holz für Salzfässer gelagert wurde, Fässer, die dann über die Havel und die Spree verschifft wurden. – Das Tor hieß bei der Bevölkerung auch Klostertor, weil es hier zu den Hospitälern und zum Nonnenkloster ging."

„Darum heißt die Straße auch Klosterstraße, stimmts? Komm, der Bürgermeister erwartet uns gewiss schon," drängte der Kommissar. Und so war es, im Rathaus stand Dr. Silbermann schon beim Pförtner. „Seien Sie gegrüßt, ich hoffe, Sie haben schon etwas gefunden, aber kommen Sie mit ins Büro, sonst steht morgen alles in der Zeitung."

Im Büro begann der Kommissar: „Wirklich weit sind wir noch nicht. Vom pathologischen Gutachten haben wir erst den Gen-Test erhalten. Das erstaunliche, beide Leichen sollen verwandt gewesen sein. Der Ältere war aus dem Dorf Staaken. Bei einem Zeitunterschied von 400 Jahren halte ich das Ergebnis aber für fragwürdig." „Mich erstaunt das nicht," sagte der Bürgermeister, „Die Menschen, die nichts erbten in den Dörfern, sind meist nach Berlin oder Spandau gekommen, besonders die Töchter. Über die Frauenlinien findet man gerade in den Dörfern rundum noch Verwandtschaftsverhältnisse über hunderte Jahre, da die Männer in den vielen Kriegen gefallen sind." „Und eines noch, die Täter, die am Grab lärmten, waren offenbar gut gekleidet. Dazu gab es Verschwörungstheorien, dass Freimaurer ..." ergänzte der Kommissar. Der Bürgermeister sah ihn an und sagte: „An Freimaurern ist heute nichts Geheimnisvolles mehr, es sind im Grunde Männerbünde, die besondere Projekte fördern, ähnlich den Lions-Klubs. Ich bin selbst Mitglied in der Loge an der Heerstraße. Ich kann Sie gern einmal durch die

Räumlichkeiten führen und ein wenig von der Geschichte erzählen."

„Danke, wir kommen auf das Angebot zurück, wenn es zu einer heißen Spur wird," sagte der Kommissar, „aber noch eine Frage: Es wird auch behauptet, dass hier Dinge am Rathaus vorbei passieren, können Sie sich das vorstellen?" „Selbstverständlich", entgegnete der Bürgermeister, „Spandau ist ein globaler Ort, auch hier ist die Welt zu Hause. Vieles besprechen Wirtschaftsgrößen und wir erfahren es erst, wenn sie Fördergelder oder Baugenehmigungen und anderes beantragen. Vieles wird auch in den Fachresorts entschieden, aber wenn ein Kommunales Interesse besteht, fällt die Entscheidung im Parlament. Irgendwann erfahren wir alles … Sie wissen ja, ohne Genehmigungen läuft nichts." Barleben ergänzte: „es klang etwas fatalistischer, geheime Mächte und so." „Verschwörungstheorien gibt es heutzutage doch überall, das Internet lädt dazu ja geradezu ein, daran zu glauben. Nehmen Sie es nicht zu ernst. Schauen Sie auf die seriösen Seiten, da stellt sich auch die Loge mit einer web-site vor."

Der Bürgermeister erhob sich, „Danke für den Zwischenbericht, ich würde mich freuen, bald mehr zu hören. Ich bin erst einmal froh, dass es nicht wieder Araber, Türken, Afghanen oder Romas heißt, die rassistischen Verdächtigungen spalten schon die ganze Gesellschaft. Also viel Erfolg."

Der große Coup

Wieder auf der Straße gingen sie an der Bibliothek vorbei. „Wenn hier in der Carl Schurz Straße das

Zuchthaus war, vermute ich mal, dass dieser Insasse des Zuchthauses war, oder?" sinniert der Kommissar. „Leider falsch getippt, er war einer, der einen Ausbruch organisiert hat," antwortet Barleben. „Ach, das ist doch eine strafbare Handlung. Nach so einem kann man doch keine Straße benennen," sagte der Kommissar erstaunt. „Na ja, es hatte schon seine besondere Bewandtnis", entgegnete Barleben. „Er hatte sich als Student an der Revolution 1848/9 beteiligt. Unter anderem waren er und sein Lehrer oder Pfarrer Johann Gottfried Kinkel, ein evangelischer Theologe und Professor für Kunst-, Literatur- und Kulturgeschichte, aber auch Schriftsteller und Kirchenlieddichter, an einem Sturm auf das Siegburger Zeughaus und auf das Karlsruher Rathaus beteiligt. Kinkel wurde gefasst, Schurz konnte fliehen. Kinkel bekam lebenslange Haft und durfte die im Spandau Zuchthaus verleben. Er wurde nun förmlich zu Stil-Ikone der Revolution als Märtyrer. Überall im Land gab es ‚Kinkel-Kreise'. Schurz, der nach Amerika geflohen war, konnte auf diese Weise für seinen Freund Spenden einsammeln, die vor allem die ‚Kinkelkreise' organisierten. Mit dem Geld bestach er einen Gefängniswärter, der dazu beitrug, dass der Coup gelang. Über Rostock und Edinburgh kam Kinkel nach London, wo er am Hide-Park-College als Literaturprofessor arbeiten konnte. 20 Jahre später ging er dann nach Zürich und wurde Professor für Kunstgeschichte. Sein Grab ist in Zürich-Sihlfeld." „Warum hat man nicht nach dem die

Straße benannt," fragte der Wolfgang. „Die Kinkelstraße gab es, sie wurde aber 2002 wieder mit dem alten Namen ‚Jüdenstraße' versehen," entgegnete Ralf. „Ich bin da auch gespalten. Zum einen finde ich es wichtig, dass gerade die alten Namen in Erinnerung bleiben, zum anderen war in der Kinkelstraße auch die Superintendentur des ev. Kirchenkreises Spandau. Dazu hat der Name des Pfarrers schon gepasst." „Hätte man die Carl-Schurz-Straße nicht in die Kinkelstraße umbenennen können?" fragte Wolfgang. „Hätte man," bestätigte Ralf, „aber auf der anderen Seite hat dieser Carl Schurz eine sensationelle Karriere gemacht, und durch diesen Namen blieb die ganze Geschichte in Erinnerung und damit auch der Name Kinkel." „Was für eine sensationelle Karriere denn?" „Nun, er wurde immerhin Innenminister der USA unter dem Präsidenten Rutherford Hayes." „Kenn ich zwar nicht, hört sich aber tatsächlich nach Karriere an."

Beide kamen nun zum Eingang des Kommissariats. Barleben zeigte kopfnickend zum Schild an der Eingangstür. „Stark, das die Polizei den Mut hat, solch eine Schild anzubringen." „Na ja", brummte der Kommissar, „es gab da viel Diskussionen im Präsidium. Gedenken muss man ihrer, das denke ich schon, aber die Polizei hat natürlich viele Opfer gebracht." „Aber gerade bei der Polizei waren auch viele die man 1933-45 wirklich auch als Nazis bezeichnen musste," gab Ralf zu bedenken. „Für die trauernden Familien spielt das doch keine Rolle, die vermissen den Sohn oder Vater, aber die vier sind schon besondere Opfer. Ich habe damit meinen Frieden gemacht." „Ich finde es mutig, denn man sieht doch z.B. am Leistungssport, wie schwierig es zu sein scheint, Homosexualität zu akzeptieren. Ich finde die Polizei ist da vorbildlich," sagte Ralf.

Sie waren inzwischen am Büro angekommen und erfuhren sofort, dass es zwei wichtige Nachrichten gibt.

Eingrenzungen

Acht Uhr. Kommissar Kreidler traf Barleben schon im Foyer. Sie nahmen die Treppe zum Kommissariat. Kreidler hörte Barleben schnaufen. „Wann hast du denn zum letzten Mal Sport getrieben?" „Nicht so mein Fall," entgegnete Ralf. „Hört man," kommentierte es Wolfgang, sah aber dann den Kollegen Schulze, „das sieht doch nach guten Nachrichten aus," rief er ihm entgegen, und zu Ralf gewandt sagte er: „Der Kollege Schulze sitzt in der technischen Abteilung

37

und kümmert sich um Verkehrsdaten." „Funkzel-
lenabfragen, gut, aber bräuchten wir dann nicht
schon Verdächtige?" fragte Barleben. „Wird schon,
vielleicht erhalten wir ja noch mehr Material. Der
dritte Tag ist bei schwierigen Fällen meist der Tag,
an dem sich alles verdichtet, weil dann die technischen Untersuchungen neue Spuren ergeben, das
ist jedenfalls oft so," beruhigte ihn der Kommissar.
Und tatsächlich, im Büro fanden sie den kompletten
pathologischen Bericht und die Daten der Spurensicherung vor. Wolfgang warf Ralf den Bericht der
Spurensicherung hin. „Fang Du damit an, ich nehme
den pathologischen Bericht, ich weiß ja nicht, wie du
auf diese meist wenig appetitlichen Fotos reagierst."
Eine konzentrierte Ruhe legte sich über den Raum.
Nach einer Viertelstunde sagte der Detektiv: „Merkwürdig, die genetische Untersuchung weist auf zwei
der Polizei bekannten männlichen Personen, die
offenbar über zwei bis drei Ecken miteinander verwandt sind: **Elmar Friedrich** und **Eckhardt Tehlow**.
Beide wohnen in der Wilhelmstadt." Der Kommissar
schaute auf, „kommen die als Täter oder Opfer in
Frage." „Als Täter." Eine Sekretärin betrat den Raum,
schaute erst vorsichtig und sagte, nachdem sich ihr
beide Köpfe zugewandt hatten: „Heute früh ist eine
Vermisstenmeldung eingegangen, hier die Unterlagen von der Polizeidirektion 1." „Danke!" der Kommissar nahm den Papphefter entgegen. „Ich dachte,
hier läuft alles digital," frotzelte Ralf. „Es liegt auch
digital vor, aber wenn ich meinen ‚Lesetag' habe,
sind mir Ausdrucke lieber … das geht nicht so auf die
Augen. Unterwegs kriegen wir alles aufs Handy." Er

schlug den Hefter auf, und wirkte leicht verblüfft: „Ein Apotheker wird vermisst, war da nicht an dem Abend das Verbandstreffen?" „Daran habe ich auch gerade gedacht, sag aber nicht, er kommt aus der Adler-Apotheke?" fragte Ralf. „Nein, von der Konkurrenz, aus der Löwenapotheke, ein Gerland Flaschen-dreher," antwortete Wolfgang.

„Es wird doch keinen Pharma-Krieg geben", sagte Ralf mehr vor sich hin. „Flaschendreher, sagt das dir was?" „Nein," antwortete der Kommissar, „es passt aber zum Bericht der Pathologie: ein ca. dreißig-jähriger Mann, der mehrere Medikamente zu sich genommen hat, die aber mit dem Tod nichts zu tun haben." „Na gut, vielleicht war er erkältet oder hatte Kopf-, Rücken- oder sonst was für Schmerzen. Es gibt viele Gründe, Medikamente einzunehmen." „Ja," sagte Wolfgang, „keines der Medikamente hat Sucht-potential."

„Gut, ich lass erst einmal nach persönlichen Daten suchen," sprach es und ergriff den Telefonhörer der internen Feststation, die offenbar nur aus Kurz-wahltasten zu bestehen schien. „Personenabfrage zu Elmar Friedrich, Eckhardt Tehlow und Gerland Flaschendreher, danke!" und zu Ralf gewandt; „Ist aus dem Bericht der Spurensicherung noch Wich-tiges zu erwähnen?" „Das müsste eigentlich auch im Bericht der Pathologie stehen. Das Opfer war schon tot, als es in das Grab eingebracht wurde. Friedrich und Tehlow müssen also nicht die Mörder gewesen sein." „Nicht gut," kommentierte der Kommissar. Wir lassen uns Friedrich und Tehlow morgen früh vor-führen. Nachmittags gehen wir zur Löwenapotheke. Du kennst ja bestimmt die Geschichte der Apotheke. Auf dem Weg dahin kannst Du mir davon erzählen, dann wissen wir schon, mit wem wir es zu tun haben. Du musst ja nicht beim Dreißigjährigen Krieg an-fangen." Ralf nickte, sagte dann aber: „Wir warten aber noch die Datenabfrage ab und sehen uns die Verkehrsdaten an." „Genau," sagte der Kommissar, übrigens: der Tod ist gegen 23 Uhr eingetreten, die Einbringung in das Grab, das ja schon von den Abendmusikbesuchern der Nikolaikirche wahrge-nommen wurde, ist dann nach 0.00 Uhr geschehen. Das stimmt mit dem Polizeibericht und den Aussagen unserer leicht alkoholisierten Zeugen am Späti überein. Ich denke, bis Mittag haben wir alles zusammen und gehen dann gegen 14 Uhr zur Löwenapotheke."

„Ach, übrigens, Wolfgang, es gibt noch Templerlogen in Berlin. Die bekannteste Loge ist die im Grunewald, Fontanestraße 12a, 14193 Berlin." „Kümmern wir uns erst mal um die Leute vor Ort." „Ich habe es ja nur erwähnt, weil der Apotheker das Siegel der Templer auf dem Arm tätowiert hatte," entschuldigte sich Ralf fast. „Das habe ich auch gelesen, Ver-schwörungstheorien verfolge ich aber erst, wenn ich der Verzweiflung nahe bin. Sie können also noch wichtig werden, ok?"

Eine konzentrierte Ruhe bemächtigte sich wieder des Raumes.

Eine seltsame Information

„Die Verkehrsdaten lassen nicht viel Möglichkeiten. In der Funkzelle telefonierten fast 120 Personen zwischen 0.00 und 0.30 Uhr," durchbrach Barleben nach fast 30 Minuten die Stille, „davon sind erst einmal vier oder fünf Personen interessant. „Friedrich ist darunter und interessanterweise beide Apotheken." Der Kommissar sah ihn an: „Bei der Adler-Apotheke liegt es nahe, da die sich nicht raustrauten, wird einer angerufen haben, um daheim Bescheid zu sagen." Er legte die Akten beiseite. „Lass uns Mittag machen und dann zur Löwen-Apotheke gehen."

Beide standen auf und gingen. „Donuts, wie amerikanische Polizisten" fragte Ralf. „Lieber vietnamesisch, Nudeln sind preiswert und schmecken immer, außerdem ist der Weg nicht weit, es ist nahe der U-Bahnstation ‚Altstadt Spandau'." Ralf folgte ihm und ließ wieder seine grauen Zellen fliegen:

„Die Potsdamer Straße, also die Carl Schurz-Straße, war eigentlich immer nur eine Durchgangsstraße, die Breite Straße dagegen immer schon mit dem Markt das Wirtschaftszentrum der Stadt Spandau. Hier wohnten die Ackerbürger, die Händler und der Teil der Handwerkerschaft, der Einfluss in der Stadt hatten. Schon zur Jahrhundertwende um 1900 war sie die Hauptwirtschaftsstraße. Klassizistische und barocke Häuser säumen noch heute die ehemalige Handelsstraße, die über die Oder nach Polen führte. Holzhäuser, bzw. Fundamente von ihnen aus dem 12.Jh. bezeugen den Handelsplatz seit alters her.

Hier siedelte sich an, was Rang und Namen hatte, unter anderem die Apotheker, die meist sehr schnell zur intellektuellen Führungsclique der Stadt gehörten, eben die Ratsherren."

Wegen Zerstörungen im 2.Wk. gab es viele Hausabrisse.

Das gotische Haus und die Häuser 44-46 zeigen noch den Charakter der Handelsstraße von 1900 und früher. Bald wurde sie zur Durchgangsstraße mit Straßenbahn-, Bus- und Individualverkehr. Aber mit der wunderbaren Idee, die Innenstadt zur Fußgängerzone zu machen, hat man den früheren Charakter bewahrt."

Gotisches Haus

„Kommst du noch zur Löwen-Apotheke?" fragte Wolfgang. „Beim Essen," sagte Ralf und sie betraten das vietnamesische Restaurant. „Seltsam," Wolfgang sah sich um, „Sieht aus wie ein Restaurant, aber Preise wie ein Imbiss." „Wir werden sehen," brummte Ralf und sie wurden auch gleich bemerkt und erhielten die Karte.

Nach der Bestellung und den ersten Bissen kam der ‚unvermeidbare Vortrag' wie Wolfgang dachte. Hier gab es zunächst die Garnison-Apotheke, die wahrscheinlich das Militärlazarett belieferte.

„Erwischt!" rief Wolfgang, „in der Moritzstraße 9 ist ein Schild, das besagt, dass es ein Militärlazarett erst seit 1784 gab." Ralf sah ihn anerkennend an. „Das ist das vom Askanierring, es gab auch noch ein Reserve-Lazarett am Hohenzollernring. Die Stadt war eine Garnisonsstadt, da gab es immer Militärlazarette, schon wegen der Zitadelle." 1701 hatte der Besitzer der Adler-Apotheke das Privileg der Löwen-Apotheke und verkauften es, weil die Stadt wuchs und es eine zweite Apotheke brauchte. Erst 1861 nannte sich die Apotheke ‚Löwen-Apotheke', da hatte Spandau 12.000 Einwohner und Einwohnerinnen. Der neue Besitzer Carl Rudolf Serger war zwei Jahre später auch schon Stadtverordneter … bis zu seinem Tod. Apotheker machen in Spandau immer Karriere."

Die Löwen-Apotheke

„Der neue Käufer, Dr. Wilhelm Silberstein," „ah, wie unser Bürgermeister!" unterbrach ihn Wolfgang. „Nein der heißt Silbermann," kommentierte Ralf den Einwurf, „Dr. Silberstein war ein Organisationstalent und gut bei Kasse, er erwarb die Apotheke und die daneben entstandene Seltersfabrik, nebst diverser Stallungen in der Mönchstraße … übrigens per

Zwangsversteigerung. Das war 1912. Aber der Name lässt schon ahnen, dass das gute Geschäft nach 20 Jahren beendet war. Ab 1933 wurde er boykottiert, Er verkaufte 1936 alles und starb auch bald. Seine Frau konnte sich immerhin nach Südamerika absetzen. Damit erlebten sie wenigstens nicht de Pogrom-Nacht im November 1938. In ganz Berlin wurden 3767 Geschäfte ‚arisiert‘, in der Altstadt Spandau immerhin nur 14. Das spricht für die Spandauer. Der Käufer, Wilhelm Jessen, musste aber die Apotheke 1941 an ein NSdAP-Mitglied verpachten. Beim Versuch der Rückkehr 1945 aus Schlesien nach Spandau verstarb er. Seine Witwe kam aber zurück und baute die Apotheke nach 1945 mit einem ehemaligen Mitarbeiter wieder auf, der Schwiegersohn übernahm sie später bis 1988. Seither führt die Besitzerin, Frau Annette Lütke-Eversloh die Apotheke bis heute."

„Ich hätte wohl mitschreiben sollen," grinste der Kommissar, „aber du kannst es ja sicher sofort wieder abrufen." Er wischte sich mit der Serviette den Mund ab, „Lass uns zahlen und hingehen." Gesagt, getan. ‚Preiswert und gut' dachte der Kommissar, aber dann waren seine Gedanken schon bei dem Apotheker. „Gerland Flaschendreher, mit dem Siegel-Tattoo des Templerordens aus dem Grunewald," sagte er vor sich hin. „Es gibt genug Gesprächsstoff."

Schon standen sie vor der Apotheke. Auch hier zeigten sie nur kurz ihre Ausweise und bedeuteten mit einer Handbewegung, dass sie warten würden, aber die Apothekerin bat sie, ihr zu folgen. Sie gingen seitlich am Tresen vorbei und folgten ihr in einen

Büroraum. „Sie kommen wegen Herrn Flaschendreher, wir haben ihn vermisst gemeldet, weil er
schon zwei Tage nicht zum Dienst erschienen ist. Ich
hatte mir eine Hilfe erhofft und er war auch immer
diensteifrig, zuverlässig und pünktlich. Wissen Sie,
was mit ihm ist?" „Leider ja," antwortete der Kommissar, „er ist einer der Toten am Reformationsplatz."
„Ich habe es befürchtet," flüsterte die Apothekerin
fast, „was ist denn passiert?" „Das ermitteln wir noch.
Darf ich noch einige Fragen stellen?" sagte der
Kommissar mit für Ralf überraschend einfühlsamer
Stimme. „Selbstverständlich," erwiderte sie, und er
fuhr fort: „Es gab nach 0.00 Uhr in der Tatnacht einen
Anruf aus dieser Apotheke, können Sie sich das
erklären?" „Ich habe nicht angerufen, aber Herr
Flaschendreher blieb zweimal die Woche während
der Rufbereitschaft in der Apotheke. Er arbeitete
noch an seiner Dissertation, und wir haben hier ein
kleines Chemielabor. Eigentlich ist es nur ein
umgebautes Lager, aber wir haben es eingerichtet,
nachdem wegen Corona so viele Lieferketten unter-
brochen wurden. Wir haben einfache Sachen selber
gemischt, damit wir die Kunden nicht immer enttäu-
schen müssen. In meiner Ausbildung habe ich da
noch einiges lernen müssen, davon zehre ich noch
heute, aber jüngere Kollegen verlassen sich doch
sehr auf die Pharma-Industrie." „Kollegen und Kolleginnen," ergänzte der Detektiv leise. Der Kommissar
sah ihn irritiert an, wandte sich dann aber wieder der
Apothekerin zu und sagte: „Sie gehen als davon aus,
dass Herr Flaschendreher angerufen hat?" „Ja,"

sagte sie, „er hatte eine besondere Liebe für eine historische Gemeinschaft, mit denen er sich häufig getroffen hat. Wahrscheinlich wollte er sich verabreden." „Wenn wir das nur genauer wüssten," der Kommissar sah sie an: „Was war das für eine historische Gemeinschaft?" „Ich habe mich damit wenig befasst, es sprach aber immer von den Templern. Ich dachte immer, die gab es im 12. oder 13. Jahrhundert, irgendwie esoterisch kam mir das schon vor. Aber er sagte immer, dass sei reine und recht harmlose Traditionspflege, na ja, und man helfe sich gegenseitig hin und wieder. Mehr weiß ich dazu leider nicht." Der Kommissar erhob sich: „Danke, das war es auch schon. Mein Kollege gibt Ihnen eine Karte, falls Ihnen noch etwas einfällt." „Selbstverständlich," sie erhob sich ebenfalls und begleitete sie hinaus.

„Ich hatte mir mehr erhofft." „Ich auch," brummte Wolfgang, „aber ich will noch zum Späti, mir ist da noch etwas eingefallen." „Und darf man fragen, was?" Ralf sah ihn fragend an. „Überleg doch mal, ein Leichnam in einer so langen Fußgängerzone, wie haben die denn den Verstorbenen transportiert?" „Richtig!" erkannte Ralf, „die brauchten ein mobiles Transportmittel, damit der Leichnam verdeckt ist, denn, wenn die Trinkbereiche noch offen haben, und hier treiben sich ja auch einige Jugendliche rum, dann ist die Gefahr groß, gesehen zu werden." „Genau," bestätigte Wolfgang, ich hoffe wir müssen nicht wieder auf Kutte und Kalle warten."

Am Späti angekommen, begrüßte sie der Inhaber mit der Frage: „Kommen Sie als Kunden oder dienstlich?" „Leider wieder dienstlich, aber wir haben nur eine Frage." Der Kommissar sah sich nach eventuellen Kunden um, die es aber nicht gab, und fragte: „Haben Sie eigentlich in der Nacht ein Fahrzeug gesehen?" „Nö," sagte der Angesprochene, „oder, warten Sie, ein kleiner weißer Lieferwagen, erst dachte ich, der kommt zu mir und ist wegen der Straßensperrungen durch die ‚letzte Generation' zu spät dran … ich hatte noch eine Lieferung erwartet, die kam aber erst am nächsten Tag. Aber der hatte als Werbung nur ein rotes Kreuz an der rückwärtigen Tür, irgendwie anders als ein Krankenwagen, ein Kreuz in einem Dreieck. Die Seiten konnte ich aber nicht sehen. Ich habe das auch nicht weiter beobachtet, Sie kennen ja Kutte und Kalle, die haben mich ganz gut beschäftigt. Man ist ja so eine Art Beichtvater in diesem Metier." Der Kommissar, der befürchtete, nun die Leidensgeschichte eines Späti-Besitzers zu hören, nickte nur bejahend, hob die Hand und sagte „Danke, das war es schon, Sie haben uns sehr geholfen."

20-30 Schritte entfernt sagte Ralf: „So ein Kreuz im Dreieck habe ich bei der Templer-Recherche gesehen. Sollte da etwas dran sein an den Verschwörungstheorien von Kutte und Kalle?" „Hoffentlich nicht" brummt Wolfgang, bei solchen Fällen ermittelt nämlich der Staatsschutz, dann können wir uns wieder um Kellerbrände in Staaken kümmern." „Gestern gab es auch einen im Falkenhagener Feld,"

sagte Ralf. „Danke, für den ermutigenden Einwurf,"
brummte Wolfgang. Schweigend gingen sie zum
Kommissariat.

Am Viktoria-Ufer blieb Ralf stehen: „Sieh mal, das
Schild. Hier stand das Militärlazarett. Es soll allerdings noch ein Älteres an der Havel gestanden
haben. Irgendwann gehe ich mal hin, und suche
danach."

Regiments-Lazarett 1784

Wolfgang sah sich die Gedenktafel an ... „übrigens,
ich habe Friedrich und Tehlow schon heute bestellt."
„Gut," sagte Ralf, „lass uns gehen, wann kommen
sie?" „15 Uhr, jalla, jalla!" „Ich wusste gar nicht, dass
du arabisch sprichst." Wolfgang sah ihn an: „Du weißt
doch, was der Bürgermeister gesagt hat: ‚Spandau
ist eine globale Stadt'. Das lernt man hier am Döner-
Imbiss." „Im kaiserlichen Postamt ist heute die Volkshochschule ... da kannst du dich ja anmelden." Wolfgang sah ihn an: „Mein Bedarf an Reiseführer-Wis-
sen ist gedeckt, mach bitte kein neues Fass auf!" „Ich
wollte dich ja nur damit vertraut machen, wo früher
das Zuchthaus stand," sagte Ralf verlegen, „aber ok,
ich schweige."

Im Büro. Wolfgang griff den Aktendeckel mit der
Personenabfrage, da leuchtete eine grüne Lampe

am Pult auf dem Schreibtisch auf. „Friedrich ist im Verhörraum, lass uns gehen."

Erste Verhöre

Im Verhörraum: Der Kommissar las aus der Akte vor: „Elmar Friedrich, 29.2.1976, ah, ein Sonntagskind; wohnhaft Pichelsdorfer Straße 131. Sie sind Rettungssanitäter?"

„Ja," sagte der Gefragte knapp … er wirkte nicht unsicher. „Warum sind ihre genetischen Spuren am Leichnam des Gerland Flaschendreher?" „Ich kenne keinen Gerland Flaschendreher, aber ich hatte vorgestern im Nachtdienst einen Einsatz am Reformationsplatz. Dort habe ich mit der Polizei einen Leichnam aus einem Loch im Pflaster geholt. Ist das Gerland Flaschendreher? So um die 30, stabiler Mann, ca. 1,80m Größe, dunkelblond?"

„Genau!" „Wieso sind Sie eigentlich in der Datei bei der Kriminalpolizei mit ihren genetischen Daten," fragt Wolfgang sichtlich genervt. „Ich war mal als Sanitäter in der JVA Hakenfelde angestellt. Da gab es einen Brand, man dachte wohl anfangs, es ginge um einen Ausbruchsversuch, an dem Mitarbeiter beteiligt sein sollten. Wir mussten alle Fingerabdrücke und unsere Daten zur Verfügung stellen. Durch ein Ausschlussverfahren fand man die Helfer." „Noch eine Frage," Der Kommissar dachte kurz nach, „waren sie mit einem Fahrzeug da?" „Ja, bestätigte der Friedrich, „im Fußgängerbereich nehmen wir immer einen Kleintransporter, aber wir hätten ihn nicht gebraucht." „Danke, Sie können gehen," Wolfgang drehte sich zu Ralf und sprach weiter, als der Zeuge gegangen war: „Ich habe es geahnt, der Späti-Betreiber ist genauso ein Verschwörungstheoretiker wie seine Kunden … von wegen ein ‚rotes Kreuz auf einem Dreieck'. Der spinnt sich genauso eine Templerverschwörung zusammen, wie dieser Kutte."

Ralf dachte laut: „Ganz würde ich das noch nicht abhaken, immerhin hatte das Opfer diesen Kontakt." „Fang du nicht auch noch an," knurrte der Kommissar.

„Gleich kommt Eckhardt Tehlow. Ich sehe mal in den Flur, vielleicht wartet er schon." Er stand auf und öffnete die Tür: „Sind Sie Herr Tehlow?" hörte er ihn sagen, und schon geleitete er einen etwas verwahrlost wirkenden Mann in den 50-er Jahren hinein. Auf den Datenbogen schauend las er: „Eckhardt Tehlow, Jadeweg 12, geboren am 31.12.1972," er sah auf, „Noch ein Sonntagskind. Damals hat noch Willi Brandt die Neujahrsansprache gehalten. Stimmen die Daten, abgesehen von Brandt?" „Ja," sagte der Gefragte. „Und Sie sind Elektriker?" „Das habe ich gelernt, mache zurzeit aber andere Jobs, was so Geld bringt, es muss ja die Miete reinkommen." „Mir reichen knappe Antworten, Kommentare brauche ich nicht … kennen Sie Gerland Flaschendreher?" „Nein," sagte der Befragte, sah aber den Kommissar nicht an.

„Haben Sie schon mal einen Menschen ermordet?" Der Kommissar sah den Verhörten direkt an. „Nein,

das würde ich auch nie tun!" Tehlow wirkt erschrocken und sah den Kommissar jetzt an. „Aber
Sie sind auf den Kameras vom Reformationsplatz zur
fraglichen Zeit zu sehen, ihre DNA ist an dem
Leichnam. Ich kann Ihnen sagen, wie das ausgeht:
Sie werden vor dem Richter stehen und allein für
alles einstehen müssen." Der Verhörte wirkt nervös.
„Ich wusste gar nicht, dass es auf dem Reformationsplatz Kameras gibt, darf man das denn, was
sagt denn der Pfarrer dazu, wenn die Gottesdienst-
besucher gefilmt werden?" „Die Zeiten ändern sich.
Ihre Sorge wird den Pfarrer freuen," kommentierte
der Kommissar. „Sie wirken doch nicht wie ein
Verbrecher und Mörder, ich kann mir auch nicht
vorstellen, dass Sie gut schlafen, wenn so etwas
einem Ihrer Mitmenschen geschieht. Sie haben sich
wohl auf einen Job eingelassen, weil man Ihnen viel
Geld versprach … aber jetzt? Können Sie es mit
Ihrem Gewissen vereinbaren?" „Ich habe keinen
umgebracht!" sagt Tehlow verstört und wirkt nun
noch unsicherer als zuvor." Der Kommissar sah sich
auf dem richtigen Weg und bohrte weiter: „Ich kann
mir sogar vorstellen, dass Sie, wenn es möglich
wäre, sich bei dem Opfer entschuldigen würden, vielleicht würdet Ihr sogar gemeinsam überlegen, wie
man das Geschehene wiedergutmachen kann." „Ich
habe keinen umgebracht!" sagte Tehlow jetzt trotzi-
ger. „Wie auch immer," der Kommissar wirkte jetzt
fast gleichgültig, „die Justiz hat sich bereits in die Geschichte eingemischt und anstatt über Wiedergutmachung nachzudenken, wird es wohl eher um

Bestrafung gehen. Was wird Ihre Familie sagen, Ihre Kinder?" „Meine Frau hat sich vor Jahren scheiden lassen, sie hat die Kinder mitgenommen," sagte der Verhörte und wirkte deprimiert. „Oder die Arbeitskollegen, warum arbeiten Sie eigentlich nicht als Elektriker, das wird doch gut bezahlt und Sie haben das doch gelernt?" „Die haben einen doch nur ausgebeutet … und am Schluss wird man entlassen." „War da vielleicht Alkohol im Spiel?" Tehlow wirkte empört: „Was Sie alles wissen." „Wie auch immer," griff der Kommissar wieder das Thema zuvor auf, „für Ihre Kinder bleiben sie als Vater immer ein Vorbild." „Die sehe ich ja nicht einmal!" empörte sich Tehlow. „Trotzdem bleibt der Vater ein Vater, die Kinder werden auch an Sie denken, wie Sie an die Kinder denken. … können Sie sich vorstellen, was in denen vorgeht, wenn sie hören, ihr Vater ist ein Mörder." „Das habe ich doch gar nicht getan!" Der Kommissar ignorierte ihn, fuhr fort: „ich kann mir vorstellen., dass sie das gern korrigieren würden. Ihren Kindern würden Sie gewiss sagen, was wirklich geschehen ist, damit sie verstehen, warum ihr Vater so handeln musste … na ja, ich werde sie hierbehalten müssen. Sie sind jetzt isoliert. Sie können sich gegenüber ihren Kindern nicht mehr rechtfertigen." Tehlow wirkt verzweifelt: „Das geht doch nicht, ich habe keinen umgebracht. Ich wusste nicht einmal, was in der Kiste drin ist. Auf den Filmen der Kamera müssen doch noch mehr zu sehen sein. Fragen Sie die doch!" „Sie sind der einzige, der in unseren Akten zu finden ist, also halten wir uns an Sie."

Man sah den Jagdinstinkt in den Augen des Kommissars: „Ich kann Dir sagen, wie es weitergeht. Du wirst in der nächsten Zeit niemanden anderes als viele Inspektoren sehen. Die einen werden Dir Schuldgefühle einreden, die anderen werden Verständnis zeigen für Deine Situation. Sie wissen, dass du gerade eine schwere Zeit durchmachst und versichern dir, dass das alles bald der Vergangenheit angehören kann … wenn du gestehst, zeigst du Reue; dein Umfeld versteht, dass du das Geschehene bereust, und du fühlst dich erleichtert, dass du den Weg der Wiedergutmachung einschlagen kannst. Dafür gibt es nichts Besseres, als ein Geständnis abzulegen." „Aber mehr war nicht, ich habe eine Kiste mit einem geliehenen Wagen transportiert und sie dann zu dem Loch gebracht. Ich bin dann gegangen." Der Kommissar sah ihn kühl an. „Bringen Sie ihn in die Zellen, Krüger," der angesprochene Polizist ging zu Tehlow. „Überlege in der Zelle, ob Du mir etwas von den anderen erzählen willst, oder willst Du es allein ausbaden. Dann ist der Mord dabei … und denk an Deine Kinder." Tehlow wirkte zerstört, als er abgeführt wurde. „Mal sehen, wie lange er durchhält?"

Ralf störte das Triumphale in seinem Gesicht. „Irgendwie tut er mir auch leid. Das war ja wirklich die banalste aller Verhörstrategien, erst Schuldgefühle einreden, dann Reue schüren, deshalb auch die Kindernummer, und am Schluss wird das Geständnis als erster Schritt zur Erlösung dargestellt." Der

Kommissar sah Ralf verblüfft an: „Bist Du ein Sozialarbeiter? Der Typ war eine kleines Licht, da ist die banalste Strategie immer die sicherste." Barleben sah ihn an: „Das stört mich gar nicht, aber die Erleichterung, die ein Geständnis bringen wird, das ist wie das religiöse Modell der Beichte … nur die Pfarrer haben ein Ziel, das dem Menschen wirklich zu einer Hilfe wird. Hier geht es doch aber nur darum, die religiösen Überzeugungen, die moralischen Prinzipien und die Vorstellung von Gut und Böse geschickt auszunutzen, um Widersprüche zu den Taten zu finden und sie in die Position eines Schuldigen zu drängen, der um Vergebung bittet. Hier werden Ausdrücke wie „das wird Sie befreien" oder ‚lass es raus, es wird dir gut tun' verwendet. Oder ein weiteres Argument, ‚Je schneller du gestehst, desto schneller wird das alles hinter dir liegen'. In Wirklichkeit ist doch das Gegenteil der Fall. Wie viele zwischenmenschliche Konflikte wären schon längst gelöst worden, wenn die Justiz mit all ihrer Schwerfälligkeit und Langsamkeit nicht ins Spiel gekommen wäre? Bei so ‚kleinen Lichtern' sollten das eher Schiedsgerichte regeln. Außerdem finde ich, dass man diese Menschen nicht duzen sollte. Auch wenn sie etwas falsch gemacht haben, darf doch ihre Würde nicht infrage gestellt werden."

„Ok, das mit dem Duzen war eine dumme Angewohnheit. Bezüglich Tehlow wissen wir doch aber gar nicht, ob er nicht doch mehr gemacht hat … und dann geht es doch darum, die Mittäter zu finden. Leid tut mir der Kerl auch, besonders, wenn er wirklich so ein kleines Licht ist; aber, wenn ich spüre, der weiß mehr, dann muss ich zupacken, sonst könnte ich als Kommissar einpacken. Die Gesellschaft erwartet das doch von mir." „Die Gesellschaft hat auch keine Vorstellung davon, in welcher Situation man ist, wenn man von der Polizei verhört wird. Die kommen doch hier rein und haben ganz lückenhafte Vorstellungen von dem, was die Polizei weiß … und wenn die noch erzählt, sie hätten alles mit Kameras beobachtet, die es gar nicht gibt, überschätzen sie auch das Material, dass die Polizei wirklich in Händen hat. Ich stelle mir die Situation extrem stressig vor. Ein Moment, der verunsichert, weil er die ganze Zukunft infrage stellt. Und wenn man dann in Haft genommen wird und nicht weiß, welchen Bedingungen und Belastungen man nun ausgesetzt ist, eben abhängig von den Haftbedingungen und dem plötzlichen Freiheitsentzug. … Und dann ahnt man, dass man nur noch Personen vor sich hat, die in allen möglichen Manipulationstechniken ausgebildet sind und die auch nutzen, die die Probleme der Haftbedingungen kennen und nutzen, um mit ihren Strategien und Techniken nur darauf zielen, einem dazu zu bringen, das Geständnis als einzige Verteidigungsstrategie wahrzunehmen … und du weißt genau, wenn du dich weigerst, zerstörst du, was die Polizei gegen dich in der Hand hat, aber auch dein Leben. Mord, das bedeutet doch lebenslang. Das begreift auch ein so ‚kleines Licht'."

„Komm, Ralf, Du hast ja recht, er ist ein armer Kerl, … aber er ist unser einziger Weg zu den Tätern oder Mittätern.

Eine Überraschung

Ralf nahm sich den Verkehrsdatenbericht vor, während der Kommissar seinen vorläufigen Bericht eintippte. Ralf sagte erstaunt zu Wolfgang: „Wusstest Du, dass die Kreispolizeibehörde wegen gleichgelagerter Fälle im Raum R weitere Ermittlungsverfahren führt, bei denen ebenfalls die hier verwendeten Namen ‚R1' und ‚R2' verwendet werden? Deswegen war schon eine Telefonüberwachung beantragt und installiert." „Ich habe mich schon gewundert, warum es diesmal so schnell ging," entgegnete Wolfgang, „und, was gab es?" Es hat in der Tatnacht eine Datenverbindung von über 3 Stunden stattgefunden, die genau im Zeitpunkt der Einbringung des Leichnams in das Loch im Kopfsteinpflaster endet. Hierbei handelt es sich wohl um ein What's App Gespräch, dessen Inhalt von einer Telefonüberwachung nicht erfasst wird. Die Teilnehmer des Gesprächs sind, aha, Tehlow und Friedrich. Die kennen sich!?!"

Der Kommissar griff zum Telefon und bellte hinein: „Tehlow in den Verhörraum und Elmar Friedrich holen lassen!" Beide gingen zum Verhörraum. Eckhardt Tehlow wurde gerade gebracht. „Sie kennen Elmar Friedrich?" „Friedrich, nicht, dass ich wüsste." „Es gab aber ein What's App Gespräch zwischen Ihnen beiden in der Tatnacht." Der Verhörte zögert, sagt dann ausweichend: „What's App, da kommen doch ständig Nachrichten." „Gut," der Kommissar sah auf die Uhr, „in ca. 10 Minuten kommt Elmar Friedrich. Wer zuerst aussagt, kann vorerst gehen, der andere bleibt unser Gast bis wir den Fall gelöst haben."

Tehlow zögert, sagt aber dann: „Elmar hat mich angeheuert. Wir haben früher im gleichen Haus gewohnt, daher kennen wir uns. Ich habe 200,-€ angeboten bekommen, da konnte ich nicht wiederstehen, es hörte sich ja auch nicht irgendwie kriminell an. Er sagte nur, dass er eine schwere Kiste zu transportieren hätte, schwer wie ein Klavier, darum die hohe Summe. Und er wollte, dass ich schweige."

Wolfgang sah Ralf an und nahm wahr, dass der den Tathergang auch für wahrscheinlich hält. „Gut, Herr Tehlow, ich muss noch mit Friedrich sprechen, wenn er es bestätigt, sind Sie in einer Stunde raus, … aber Sie werden Post bekommen. Wie gesagt, wenn sich Ihre Aussage bestätigt, wird Ihnen das sehr helfen. Danke." Er nickte dem Polizisten an der Tür zu.

Kaum hattte sich diese geschlossen, sagte der Kommissar: „Jetzt bin ich auf das Gesicht von Friedrich gespannt. Der wirkte so sicher und wie ein höflicher junger Mann … na, den nehme ich auseinander."

Eine neue Strategie

Im Verhörraum fanden der Kommissar und der Detektiv bereits den bestellten Herrn Friedrich. „Herrn Gerland Flaschendreher, sagten Sie ja bereits bei dem letzten Gespräch, kennen Sie nicht." „Genau," antwortete der Gefragte. „Und wie ist es mit Herrn

Eckhardt Tehlow?" fragte der Kommissar freundlich. „Der Name sagt mir nichts," kam die Antwort. „Und Sie sagten, Sie waren nur einmal in dieser Nacht auf dem Reformationsplatz." „Wie ich schon sagte, die Polizei hatte uns angefordert, die waren also schon vor Ort, als wir eintrafen. Das muss doch im Bericht stehen," sagte der Friedrich selbstsicher. „Sicher," sagte der Kommissar, „Sie machen doch die Fahrten nicht allein. Wer war denn Ihr Begleiter?" „Meine Kollegin ist immer die Gleiche, Juliane Bredelow," so Friedrich. „Wann hat eigentlich Ihr Dienst begonnen?" „Bei Nachtschicht beginnt der Dienst immer um 22 Uhr," so Friedrich. „Und haben Sie für die Zeit davor ein Alibi?" fragte der Kommissar. „Ich war einkaufen, aber so richtige Zeugen könnte ich nicht nennen, in Discounts kennt man ja die Leute selten, aber zum Glück haben die heute so lange auf, dass man auch als Schichtarbeiter alles, was man braucht, besorgen kann." „Haben Sie eigentlich immer in der Wilhelmstadt gewohnt?", fragte der Kommissar. „Schon eine Reihe von Jahren." „Und wo sind Sie aufgewachsen?" „In Staaken, in der Obstallee," sagt Friedrich. „Würden Sie mir auch die Nummer verraten?" „Nr.22" „Dann kennen Sie Eckhardt Tehlow nicht, der ist doch im gleichen Haus aufgewachsen." Friedrich wirkt sichtlich nervös. „Da wohnen doch viele, die Anonymität ist doch das größte Problem in den Hochhausvierteln." Der Kommissar sah ihn an. „Tehlow kann sich aber noch gut an Sie erinnern." „Wenn Sie mir ein Bild zeigen, kenne ich ihn vielleicht, aber so vom Namen her …," Man spürte, das Friedrich fühlte, dass er nicht mehr glaubwürdig war und dass ihn jede Lüge nur noch verdächtiger machen würde.

„Also, Tehlow hat gestanden, Sie haben die Wahl, alles mit uns noch einmal ohne Lügen durchzugehen und zu retten, was zu retten ist, oder der Richter macht mit ihnen das Gleiche wie wir … nur dann hat es Konsequenzen. Eine Konsequenz hatte das Ganze aber schon jetzt: Sie haben heute keinen Einsatz mehr." Wir regeln das mit Ihrer Dienststelle, wir wollen soundso erst mit Ihrer Kollegin sprechen." Er nickte dem Polizisten an der Tür des Verhörraumes zu.

Barleben sah ihn an. „Sieh an, die ,Treibsand-Strategie', obwohl es ja nicht mehr als ein kleines Sumpfloch war. Der Beginn mit der Frage, deren Antwort wir bereits kennen. Kommt eine Lüge, lässt man ihm den Raum weiter zu lügen, bis man ihn erkennen lässt, dass er ertappt worden ist. In der Zelle wird er merken, dass es nur noch eine Möglichkeit gibt: das Geständnis. Aber warum hast Du ihn nicht noch weiter lügen lassen, bis er sich in seinem Lügengebäude verheddert, bzw. verirrt und sich in Widersprüche verwickelt?" „Na, Ralf, Du bist gut, gestern warst Du noch ganz der Sozialarbeiter, und heute willst Du, dass er sich in Lügen verstrickt. Die werden ihm doch bei einem Gerichtsprozess alle vorgehalten und erhöhen die Strafe. Nun wird er darüber nachdenken, was wir noch für Beweise, Indizien, Spuren oder Zeugenaussagen haben."

Ralf überlegte und sagte dann: „Immerhin lag ich mit der Analyse des Verhörs richtig. Wann wollen wir denn die Zeugin verhören?" „Was soll die uns denn sagen, wenn sie keine Beziehung haben, weiß sie doch nichts von der Zeit vor Dienstbeginn? Ich lasse nur in der Dienststelle anrufen, damit die wissen, dass sie Ersatz brauchen. Wenn er nicht gerade der Mörder ist, und das glaube ich nicht, müssen wir ihn soundso laufen lassen. Dann geht alles den langen behördlichen Weg, mit dem wir nichts mehr zu tun haben. Wir müssen jetzt nur erfahren, woran er wirklich beteiligt war." Ralf nickte.

Erinnerungen

„Sag mal, Wolfgang," Ralf ging im Geiste seine bisherigen Fälle durch, um eventuell Parallelen zu finden, was sich aber schnell als aussichtslos erwies, da er anfangs vor allem Beobachtungsjobs hatte, als Einsteiger ging es mehr um Scheidungen, so nach dem Motto ‚Wer betrügt wen?', aber als die Aufträge aus dem Rathaus kamen, ging es mehr um Steuerbetrug, Missbrauch von Fördergeldern und ähnliches, aber ihm fiel ein, Wolfgang war eigentlich immer in der Abteilung ‚Mord und Totschlag', vielleicht gab es da Parallelen: „Was hattest Du eigentlich in der letzten Zeit für Fälle?"
Der Kommissar überlegte: „Hier in Spandau gab es den Mord an den Gastwirt Dragan, wie er genannt wurde, Dragisa Katanic. Er wurde im Wonnemonat Mai auf der Straße erstochen. Ein Raubmord, denn seine Einnahmen, ca. vierstellig, wurden geraubt. Man fand ihn kurz vor Mitternacht schwer verwundet,

aber noch vor Mitternacht verblutete er. Es gab Beiträge in Aktenzeichen XY und ‚Täter, Opfer, Polizei'. Leider gab es keinen Erfolg. Man kann sich noch heute 10.000,-€ verdienen.

Einige Jahre vorher, da war ich noch in Potsdam im Dienst, 2009, ich wurde aber hinzugezogen, da starb eine junge Joggerin im Spandauer Forst, von einem Radfahrer hinterrücks erstochen … ihr Mann war nicht mal 100m vorausgelaufen. Das war kurz vor der Walpurgisnacht. Wir hatten schon Sorge, es hätte damit zu tun. Der Verrückte wurde leider auch nicht gefunden.

Gedenkstein im Spandauer Forst

„Gibt es denn Fälle, die man gelöst hat?" fragte Ralf spöttisch. „Wir haben schon eine Aufklärungsquote von 80%, aber gerade die Fälle, über die die Presse herfiel, waren weniger erfolgreich. 2016 ist übrigens eine Frau vermisst worden, die man ausgerechnet am Rathaus zuletzt gesehen hatte. Sie war geistig behindert, hatte auffällige Tattoos und war auf Medikamente angewiesen. Da weiß ich den Ausgang nicht, weil der Fall von Dallgow übernommen wurde."

„Ach, und 2014 wurde ich auch aus Potsdam hinzugezogen, weil man auf einem Abrissgelände eine Leiche in einem Koffer gefunden hatte. Er trug einen

Schlafanzug, der auch zu einer Pflegeeinrictung hätte gehören können. Aber seine Verletzungen, die bereits teils verheilt waren, wiesen auf einen Schwarzarbeiter vom Bau mit vielleicht polnischer Herkunft. Da passiert ja auch manchen etwas und sie verschwinden dann. Eine These war aber auch, dass man ihn ‚entsorgt' hätte, aber die Sozialleistungen weiter kassiert würden. Da er Stents hatte, hätte er aber auch einen Infarkt erlitten haben können. Das würde zur zweiten These passen. Eine dritte These war, dass er zu einer Zirkusfamilie gehörte, die gegenüber den Arkaden daheim war, oder nur kurzzeitig eine Hüpfburg aufgestellt hatten. Auch das ist leider ungelöst."

‚Na ja, das hilft uns kaum', dachte Ralf, ‚wäre ja auch zu schön gewesen.' Laut sagte er: „Spandau ist ja ein gefährliches Pflaster!" Wolfgang bestätigte dies: „Wir hatten auch schöne einige Razzien, einmal bei den Rumänen, aber die erwiesen sich als harmlose Bürger, bei arabischen Clans geht es schon anders los, nicht wie in Neukölln oder Stadtmitte, aber Beschlagnahmungen von Immobilien, Autos und Waffen gab es bei uns auch schon." Ralf bremste ihn: „Na, na, mal keinen falschen Stolz. Ich lebe lieber in einem friedlichen Spandau." „Ich auch," brummte der Kommissar, wirkte dann aber hellwach: „Wir müssen uns noch um Friedrich kümmern. Zeit für eine neue Strategie." „Na denn mal los," sagte der Detektiv. Ein kurzer Anruf über die Kurzwahltaste und schon wechselten sie die Räumlichkeiten.

Auf Motivsuche

„Herr Friedrich, Sie arbeiten doch als Notfallsanitäter." Der Kommissar sah, Friedrich fragend an. „Ist Ihnen da nicht eine gute Zusammenarbeit wichtig." „Auf jeden Fall," bekräftigte Friedrich, „ich muss meiner Kollegin blind vertrauen können, weil es um das Leben der verunglückten Menschen geht." „Und Sie wollen doch auch, dass die umstehenden Menschen ihnen dadurch helfen, dass sie auf Ihre Arbeit vertrauen?" „In der Tat. Oft werden wir aber auch behindert oder gar angegriffen." Haben Sie das schon erlebt?" fragte der Kommissar, „was machen Sie dann?" „Wir rufen die Polizei zu Hilfe," antwortete er. „Hatten Sie immer ein gutes Verhältnis zur Polizei?" fragte Ralf. „Insgesamt schon, früher habe ich mal einige Semester Medizin studiert. Wir waren auch politisch tätig, da hatten wir schon Vorbehalte, aber seit ich als Sani unterwegs bin, arbeiten wir doch gut zusammen." „Was heißt ‚irgendwie'?" fragte der Kommissar irritiert wirkend. „Naja, wir geben der Polizei vor Ort kurz einen Zustandsbericht bezüglich des Zustandes der Person, der wir helfen. Manchmal brauchen wir eben auch die Polizei, um überhaupt helfen zu können. Die kümmern sich dann um die aufgebrachten Leute."

„Die Polizei hilft Ihnen dann." Der Kommissar sah ihn sekundenlang an. „Warum belügen Sie uns dann?"

„Ja, ich kenne Tehlow schon lange. Wir sind zusammen aufgewachsen, ja sogar zusammen konfirmiert worden, in Staaken, in der Obstallee. … Ich habe ihn um Hilfe gebeten; weil er arbeitslos ist, braucht er immer Geld." „… und weil er schweigt," ergänzte der Kommissar, „jetzt aber wäre es ihm an den Kragen gegangen, da wäre das mit Schweigen keine gute Idee." „Was hat er eigentlich gewusst? Wusste er, was in der Holzkiste ist?" „Nein, ich halte ihn für zu labil, daher wollte ich ihm nichts sagen." Der Kommissar nickte. „Tehlow interessiert uns eigentlich gar nicht mehr so sehr, mehr interessiert uns die Frage, wie sie die Holzkiste transportiert haben, ein PKW reicht da ja nicht … und fällt auch in der Fußgängerzone zu sehr auf?" Friedrich schwieg erst, als würde er erst entscheiden müssen, was er sagen könne. „Wir haben den Wagen von den Templern genutzt." „Was haben Sie denn mit denen zu tun?" fragte der Kommissar verblüfft. „Bisher hatte ich nichts mit denen zu tun, aber wegen Flaschendreher habe ich mich mit denen angefreundet und bin vor kurzem aufgenommen worden." Immer noch verblüfft fragte der Kommissar: „Sie kannten Flaschendreher doch?" „Ich eigentlich nicht, …" sagte der Verhörte stockend, „Juliane kannte ihn." „Frau Bredelow, Ihre Kollegin?" Jetzt war auch Ralf verblüfft. „Ja, die. Ich hatte schon mal versucht, sie einzuladen. Seitdem hat sie das immer mal wieder genutzt, dass ich an ihr interessiert war. Zum Beispiel musste ich manchmal alleine fahren und habe sie erst abgeholt, wenn es eine Meldung gab, für die wir zuständig werden sollten." „Aber Sie haben doch GPS im Wagen, wie haben Sie das denn hingekriegt?" Friedrich verdrehte ein wenig die Augen. „Juliane ist eine schöne Frau … und das weiß sie und nutzt es aus. Die Zentrale hat jedenfalls

64

immer ein Auge zugedrückt, da ja bisher immer alles geklappt hat." Der Kommissar hörte ihm erst einmal unwirsch wirkend zu. „Das ist jetzt sekundär, uns geht es um Flaschendreher. Frau Bredelow kannte ihn also. Woher?" Friedrich nagte an der Lippe. „Sie kannte ihn schon als Student." „Waren Sie ein Trio?" fragte der Detektiv. „Nein," sagte der Verhörte, „ich war ja 10 Jahre früher an der Uni. Nein, die beiden kannten sich, aber da fragen Sie sie lieber selbst, ich habe da nur so Ahnungen." Der Kommissar wurde ungeduldig. „Ein bisschen würde ich schon von Ihren Ahnungen erfahren." Friedrich sah ihn an. „Ich glaube es ging um Rauschgift, damit habe ich aber nichts zu tun."

Ralf sah Wolfgang an: „Da werden wir wohl noch ein Gespräch haben." „Nicht nur eines," pflichtete er bei und wandte sich wieder dem Sanitäter zu. „Eine letzte Frage noch: „Wie haben Sie es eigentlich geregelt, dass Sie den Fall auch übernehmen konnten?" „Wir sind hier in der Nähe rumgetourt. Ich wusste ja, dass die Meldung kommen musste … und mit Juliane im Wagen … da war es irgendwie kinderleicht. Juliane bat auch den Polizisten, uns zu helfen. Bei einer schönen Frau wird jeder Polizist zum Freund und Helfer." „Das sind wir auch ohne weiblichen Charme," brummte der Kommissar. „Aber helfen tut es schon," sagte Ralf lächelnd. „Herr Friedrich, Sie können gehen, halten Sie sich aber zur Verfügung. Wenn Sie von uns nichts mehr hören, kriegen Sie wahrscheinlich Post von der Staatsanwaltschaft. Und … Sie sollten dann Ihren Arbeitgeber bezüglich

Ihrer Beteiligung informieren. Um Frau Bredelow kümmern wir uns." Friedrich ging, sichtlich erleichtert, dass er nicht wieder in die Zelle kam.

Berlin – ein Dorf bei Spandau

„Also ist doch die Kollegin im Spiel." Barleben grinste. Der Kommissar war noch bei den Aussagen: „Sollten die Templer, doch was damit zu tun haben?" Ralf dachte kurz nach „Ich glaub da nicht dran. Bis jetzt geht es ja nur um das Fahrzeug, wenn das ein Vereinsfahrzeug ist, können wir uns doch über das dortige Revier das Fahrtenbuch besorgen lassen, bevor wir das Fass mit Verschwörungstheorien aufmachen." „So machen wir es," sagte der Kommissar erleichtert, denn, wenn ich damit meinen Vorgesetzten komme, bin ich auf ewig der Verschwörungstheoretiker." Ralf konnte seine Not nachvollziehen. „Noch gibt es keinen Grund, dieser Spur nachzugehen. Wir sollten erst einmal Frau Bredelow befragen."

„Machen wir, aber noch eines, du großer Analytiker." Ralf sah Wolfgang verblüfft an. „Was für eine Strategie?" Ralf lachte. „Erst ging es um den Moral-Kodex des Verhörten, dann darum, ihm klarzumachen, dass er den eigenen Moral-Kodex nicht eingehalten hat. Und freiwillig hat er ja erzählt, dass er schon häufiger damit seine Probleme hatte … und ihm das Gefühl zu geben, dass seine Entscheidungen nicht immer die Besten waren. Die Strategie ist wohl ,Erniedrigen und Abwerten'. Sonst gehen solche Verhöre einher mit manipulativen Beurteilungen der Verhörenden einher. Ich habe mich gefreut, dass Du darauf verzichtet hast. Ich finde nämlich, dass solche Verhöre das Vertrauen in die Polizei zerstören, auch wenn ‚Vertrauen' nicht das ist, was unsere Klienten zu uns haben. Ich habe aber immer noch die Vorstellung von der Polizei, die dein Freund und Helfer ist; manipulative Verhöre vermitteln dem Verhörten aber das Gefühl, das sie kein Interesse an dem Menschen vor ihnen haben. Sie interessieren sich nicht dafür, wer du bist, sie sind genauso wenig an Einfühlung interessiert, deine Interessen sind ihnen wurscht, deine tägliche Arbeit, deine Sorgen und Nöte. Alles ist unwichtig." „Na prima, da ist ja schon wieder mein Sozialarbeiter. Ich habe mir schon Sorgen gemacht." Wolfgang lachte. „Manipulationen sind mir auch zuwider. Mir geht es zwar nicht um Vertrauen, aber um redliche Arbeit." „Damit kann ich leben," lachte nun auch Ralf.

„Noch eine Frage … Was war eigentlich vor dem Potsdamer Tor, Herr Reiseführer?" Ralf grinste und musste nicht lange nachdenken: „Wenn Du den alten Namen kennen würdest, hättest Du eine Vorstellung, denn das Potsdamer Tor hieß früher Kloster-Tor, wie der ganze südliche Teil Spandaus Klosterviertel hieß. Südwestlich von der Ruhlebener Straße war die Mündung des Bullengrabens. Dort waren die Hauptgebäude des Klosters mit Brau- und Backhaus und diversen Scheunen und Viehställen. Die Ländereien des Klosters, Wiesen, Gärten, Weinberge hießen Klosterfeld. Na, eine Idee, wo das lag? „Klosterfelde," riet der Kommissar. „Richtig. Die Klosterstraße hieß übrigens bis 1878 Potsdamer Provinzialchaussee. Es gab natürlich auch eine Kirche ‚Kirche der seligen Jungfrau Maria der Nonnen vom Orden des heiligen Benedikt' in Spandow mit einer Marienstatue aus dem 13. Jahrhundert, die heute im Märkischen Museum ist. Vor 30 Jahren habe ich sie mir mal angesehen. Damals stand ‚Staakener Madonna' dran, weil man sie aus der Dorfkirche Staaken entfernt hatte. In der DDR-Zeit wurden viele Kirchen bestohlen. Das Märkische Museum verweigert noch heute die Rückgabe. Zudem gibt es noch eine ‚Spandauer Evangeliar' aus der Zeit. Eine kostbare Handschrift mit einem mit Goldschmiedearbeiten versehenen Buchdeckel … natürlich auch nicht in Spandau, sondern in der Berliner Staatsbibliothek.

Das Kloster wurde schon 1239 gegründet." Wolfgang staunte: „Das ist ja älter als Berlin." „Das nun nicht," kontert Ralf, „es gibt ja von Berlin nur eine Urkunde der Ersterwähnung. 1244 für Berlin, 1237 für Cölln. Wahrscheinlich gab es die Orte schon mehr als 100 Jahre zuvor. Erst 1307 wurden sie zu einer Doppelstadt." Wolfgang sagte nachdenklich, ist das nicht das Jahr der Verfolgung der Templer. Am Schwarzen Freitag, dem 13. Oktober 1307." Ralf grinste, „Na, da weiß aber jemand Bescheid. Dir sind wohl diverse Verschwörungstheorien doch nicht so fremd. Aber zurück zum Kloster. Die askanischen Markgrafen Johann I. von Brandenburg und Otto III. der Fromme wollten für die Mittelmark ein religiöses und kulturelles Zentrum schaffen. Das traute man den zumeist adligen Damen und den begüterten Frauen, die als

Nonnen aufgenommen wurden, zu. Ansonsten waren sie zuständig für Messfeiern und Totengedenken." „Na das haben doch bestimmt Mönche gemacht, wie ich das Gender-Potential der Zeit damals einschätze." Genau, aber die Frauen hatten auch was drauf, denn zum Kloster gehörten viele Dörfer um Berlin-Cölln, dazu gehörten – wie eine Urkunde von 1440 belegt: Lankwitz, Lietzow (heute Charlottenburg), Lübars, Gatow, Kladow, Seeburg, Tegel und die Mühle dort, Dalldorf (heute: Wittenau), der Wald in Jungfernheide mit dem Plötzensee und 55 weitere Dörfer, die zumindest Teile ihre Steuern an das Kloster abgeben mussten. Man könnte sagen: Halb Berlin gehörte zu Spandau. Und weil die Nonnen in der Fischerei ein lukratives Geschäft sahen, kauften sie auch den Jungfernsee, den Falkenhagener See, den Groß Glienicker See und den Lietzensee." „Das ist ja wirklich gewaltig," staunte Wolfgang. „Selbst der Konvent der Dominikaner soll zuerst in Spandau ansässig gewesen sein, bevor er nach Cölln kam. Das Franziskanerkloster war allerdings immer schon ansässig in Berlin," trumpft Ralf auf. „Gewaltig," staunte Wolfgang immer noch, dann war es ja das reichste Nonnenkloster in Brandenburg, oder?" „Das stimmt nicht ganz, denn Spandau war nur ein Unterzentrum, ein ‚sedes', wie man damals sagte, vom Bistum Brandenburg, aber immerhin waren 82 Orte im 15. Jahrhundert vom Benediktinerinnenkloster abhängig. Von vielen Kichen in der Umgebung hatten sie auch das Kirchenpatronat, d.h. sie besetzten die Pfarrstellen in St. Nikolai, in der

Moritzkirche, die vor dem Bau der Klosterkirche sogar Hauptkirche des Klosters gewesen sein soll, sie waren aber auch für den Marienaltar der Kapelle auf der Spandauer Burg, Roskow, Bornim, Seegefeld, Rohrbeck, Gatow, Kladow, Wilmersdorf und Groß-Kienitz zuständig. Und sie belieferten alle Kirchen der Umgebung mit Messwein und Hostien. Du siehst, die damals um 60-70 Nonnen hatten alles in Griff. Zudem gab es ein Hospital und ein Mädchen-Internat."
„Ralf", unterbrach ihn Wolfgang, „was uns jetzt erwartet, ist wohl keine Klosterschülerin." „Ach ja, die schöne Juliane," sagte Ralf versonnen, „immerhin ist sie eine Samariterin."

Die Nebel lichten und verdichten sich

„Bredelow ist mein Name, Juliane Bredelow", vor ihnen stand eine große kräftige Frau mittleren Alters mit wallenden braunen Haaren. „Schön", sagte der Kommissar, „lassen Sie uns in den Zeugenraum gehen."
Ralf folgte den beiden und beobachtete die Zeugin: eine sehr schöne, resolut wirkende Frau. Er konnte sich vorstellen, dass Friedrich die zweite Geige bei den Einsätzen spielte.
Angekommen, wirkte der Kommissar sehr aufgeräumt, fast plaudernd fragte er nach der Zusammenarbeit mit Elmar Friedrich, was sie als angenehm beschrieb. Der Detektiv fragte, wie sie mit der Einsatzleitung zurechtkäme. „Dirk, unser Chef, nimmt eigentlich viel Rücksicht auf unsere persönlichen Belange, aber natürlich müssen alle Einsätze geregelt werden. Aber er hat ein sehr offenes Ohr für

neue soziale Regelungen. Trotz unser Rufbereit-schaft versucht er z.B. für alle eine Vier-Tage-Woche zu regeln. Das trägt dazu bei, dass wir alle gern bei ihm arbeiten. Natürlich auch, dass er bei Geburts-tagen, Taufen und anderen Festen gern kurz vorbei-kommt. Ach ja, und wir bekommen auch an rein christlichen Feiertagen wie am Bußtag Zuschläge."

„Dirk Loell war der Name, nicht wahr?" „Genau", be-stätigte die Zeugin die Präzisierung der Personalien des Unternehmers.

Barleben ließ sie darauf die Situation am Abend der Auffindung der Leichname beschreiben. „Wir waren mit dem Wagen unterwegs, als der Notruf kam. Der Dauerdienst der Kripo von der Heerstraße hatte ihn ausgelöst, offenbar waren sie von der Verkehrs-polizei informiert worden. Jedenfalls waren sie schon da, als wir ankamen. Sie zeigten uns, dass ein Leich-nam in einer Vertiefung im Kopfsteinpflaster war, das wohl durch starken Regen entstanden war. Elmar stieg hinein und bat einen der Polizisten um Hilfe zum Bergen des Leichnams. Aber als beide im Grab waren, taten sie gar nichts. Sie starrten wie ungläubig auf Skelettknochen, die wirkten, als würden sie den frischen Leichnam umarmen. Die Kriminaler baten sie, sich erst einmal nicht zu rühren, machten Fotos und riefen die Spurensicherung hinzu. Die waren auch kaum zwanzig Minuten später da. Inzwischen hatten die Kripo-Leute an der Einstiegsstelle ihren und meinen Kollegen herausgezogen. Sie filmten den Vorgang, um eventuelle Spuren zu sichern, die durch den Ausstieg hätten verloren gegangen sein können. Zum Glück regnete es nicht mehr. Die Spurensicherung ließ uns fahren, da sie die Entnahme mit den Gerichtsmedizinern vollziehen wollten. Wir fuhren also. Das können Sie alles in unserem Bericht lesen."

Der Kommissar sah sie an: „Sie haben nicht erwähnt, dass Sie das Opfer kannten!" Sie sah ihn etwas irritiert an. „Elmar hat das erzählt, oder? Der ist ein wenig verknallt in mich und sieht überall Konkurrenten. Aus meiner Position und wegen der feuchten Witterung habe ich gar nichts im Loch erkennen können."

Kreidler sah sie ungläubig an: „Bisher wirkten Sie, als würden Sie uns in unserer Arbeit unterstützen wollen, warum jetzt die Ausflüchte." Sie schwieg.

Kreidler weiter: „In der Zeit, in der Sie bei uns sind, haben wir eine Hausdurchsuchung beantragt und sie ist genehmigt und durchgeführt worden. Wissen Sie, was wir gefunden haben?"

Bredelow wusste wohl ziemlich genau, was gefunden worden war. Sie senkte den Kopf und schwieg.

Barleben nahm sein Handy und las „Steroide und Drogen wurden gefunden. Wer beliefert sie?"

„Ich habe Gerland schon seit der Zeit im Studium gekannt. Er hat damals besondere chemische Fähigkeiten gehabt … und sie auch genutzt. Ich wollte ihn ermutigen, als ich ihn in der Löwen-Apotheke sah, das Labor dort zu nutzen. Er lehnte es ab. Ich habe ihm angedroht, seiner Arbeitgeberin von seiner Vergangenheit zu erzählen, aber er blieb bei seiner Haltung. Mehr kann ich Ihnen nicht sagen."

Der Kommissar erinnerte sie, dass da noch eine Frage offen sei, doch sie schwieg. „Das wird schon", sagte er, „bis zur nächsten Vernehmung behalten wir Sie bei uns." Sie wurde abgeführt.

Barleben sah ihn nachdenklich an. „Sie ist tiefer verstrickt, als wir dachten." Wolfgang nickte. Wir werden uns mit dem Leiter des Sanitätsdienstes unterhalten müssen, Dirk Loell, nicht wahr?"

Barleben nickte.

„Nicht so eilig, Ralf!" Der Kommissar sah seinen Kollegen an. „Welche Strategie?"

Ralf sprach überlegt und konzentriert. „Am Anfang fast ein lockerer Plauderton. Unter Verzicht auf jegliche Bedrohung kamst Du langsam zum Thema. Doch die Kehrtwende nach dem Bericht muss bei ihr Alarmglocken ausgelöst haben. Ihr Schweigen hat Dein Erstaunen ausgelöst … ‚bisher haben Sie doch ehrlich geantwortet' … Die ‚Verpflichtungsstrategie', als ich mich einschaltete, hatte ich es bereits durchschaut. Hätte sie von Anfang an geschwiegen, wärst Du gescheitert.

Wolfgang lächelte: „Dann hätte ich sie sofort festgenommen, denk an die Berichte der Sanitäter und des Kriminal-Dauerdienstes und an die Aussage des Kollegen. Ich hatte nur gehofft, mehr zu erfahren. Es gibt da einen Drogenlieferanten."

„Ach, noch eins Ralf. Heute bin ich an der Adler-Apotheke vorbeigegangen und habe das Relief vor dem Eingang gelesen. Da steht, ‚es ist die älteste Apotheke'." Ralf druckste: „Ich bin ja nur ein Hobby-Historiker. Dies mit der Garnisons-Apotheke, dem Vorgänger der Löwen-Apotheke, ist ja nur eine These. Vielleicht habe ich ja unrecht."

Wolfgang grinste: „Okay, wir haben einiges zu tun. Erst steht ein Termin beim Bibliotheksdirektor an, Du stehst doch auf Bildung, dann sehen wir uns das Sanitätsunternehmen an und nehmen Verbindung zur Drogenfahndung auf, nicht, dass wir denen in einen Fall reinfuschen."

Moritzkirche … ein kulturelles Erbe stirbt still

Beide gingen durch die Moritzstraße, als Wolfgang Ralf fragte: „Weiß man eigentlich viel über die Moritzkirche?" Ralf sah ihn verwundert an: „Ich würde Dir natürlich gern viel von der Kirche erzählen, aber so viel gibt es gar nicht. Sie muss im 13. Jahrhundert gebaut worden sein, denn das war die Zeit der Verehrung des hl. Mauritius, der Schutzpatron des Erzbistums Magdeburg war, die die Christianisierung der Mark vorangetrieben hatten. 1461 wird sie das erste Mal in einer Urkunde erwähnt, weil ein Presbyter einen Marienaltar stiftete und dazu Statuen von Andreas, Laurentius und Antonius. Er selbst war ein Kleriker an der ‚Pfarrkirche' Spandows, wie aus der Urkunde hervorgeht. Dass es die ‚Pfarrkirche' Spandaus war, wird von vielen Historikern bestritten, die allein die Nikolaikirche als Pfarrkirche akzeptieren. Viele von ihnen sehen sie als Klosterkirche der Benediktinerinnen. Es gibt darüber endlose Streitigkeiten unter Historikern. Einst sollen die Nonnen dem Rat der Stadt die Kirche als ‚Pfarrkirche' überlassen haben, bis die Nikolaikirche wiederhergestellt sei. 1240 jedenfalls ging das Privileg wieder an die Nikolaikirche. Das Kirchenpatronat hatte jedenfalls die Äbtissin über beide Kirchen. Mit der Reformation verlor aber die Moritzkirche alle Pfründe, die an den Rat der Stadt übergingen, wie übrigens später auch das Klostervermögen. Die Moritzkirche wurde nun zum Appendix der Nikolaikirche.

1530 werden jedenfalls noch Lehen für die Moritzkirche genannt. Zum einen ein Lehen der St. Johanniskirche, zum anderen ein Schützenlehen, dessen Gegenstände auch genannt werden. Moment, ich habe sie einmal notiert, ach, hier: Ein silbernes großes Kruzifix, ein Marienbild, ein Bild der hl. Anna, eines des hl. Nikolaus, zwei silberne Kapseln, ein silbernes Wirkfass, was auch immer das ist, 2 Pacificale, also Tafeln, auf denen man während der Messe den Friedenskuss drückte, drei Kelche, eine

Monstranz, 2 Viatica, kleine Behälter für die Sterbekommunion, und 40 Kelche und Gefäße.

Ab 1659 wurde sie dann als eine Art Garnisonkirche für die Artillerieeinheiten genutzt. Unter dem Soldatenkönig war es ab 1716 nur noch eine Kirche für das Militär ... und für die Zuchthausinsassen.

Die inzwischen evangelische Kirche suchten katholische Bürger zu kaufen, was aber der Magistrat verhinderte; die erfolglosen Katholiken bauten darum dann St. Marien am Behnitz.

Merkwürdig ist bei St. Moritz, dass die Kleriker nicht zu recherchieren sind. Normalerweise stehen alle im Pfarrerbuch der Mark Brandenburg, mir sind aber nur zwei Pfarrer bekannt, jener Presbyter Martinus Brunne, der 1461 den Altar gestiftet hatte und ein Pfarrer Schönemarck, von dem eine Legende berichtet, dass er einen Bischofsstab im Innern des Altars gefunden haben soll, der zu seiner Zeit renoviert werden musste. Noch vor der Reformation ist er aber ins Bistum Lebus gegangen, wo er einer der wenigen war, der das evangelisch zu werden verweigert hat ... und sein Pfarramt verlor.

Zu evangelischen Zeiten oblag dann alle Verkündigung der Nikolaikirche. Der Pfarrer von Nikolai hatte dann immer ‚Diakone‘, so eine Art ‚Pfarrer in Entsendung‘, die auf die Dörfer geschickt wurden, also in Staaken, Wustermark, Seeburg usw. predigten. Unter den Diakonen findet man auch die Prediger in der Moritzkirche. Später sorgten für die Verkündigung in der Moritzkirche die Geistlichen von der

Burg, die auch im Zuchthaus und den Militärgemein-
den predigten."

„Wo sind eigentlich die Gegenstände aus der Moritzkirche?" fragte Wolfgang. „Nach der Reformation
haben sich diese die Kurfürsten angeeignet, alles,
was für den evangelischen Ritus ‚unbrauchbar' war.
Joachim II. war kein Altruist, der aus Überzeugung
evangelisch wurde, er war verheiratet und hatte
zudem eine polnische Geliebte, eine Prinzessin na-
mens Hedwig Jagiellonica. Es heißt, sie war sehr
anspruchsvoll." Ralf verdrehte die Augen.

„Und wann wurde die Kirche zerstört?" fragte Wolfgang. „Eigentlich," sagte Ralf bedächtig, „schon im
30-jährigen Krieg, denn da war sie schon ‚wüst' und
galt nur noch Bettlern als Herberge. 1642 ließen sie
die Spandauer aber noch einmal aufbauen, zuun-
gunsten der Gertraudenkirche von Stresow übrigens,
die man verfallen ließ. Den Todesstoß gaben dann
aber die Franzosen dem Kirchengebäude, die 1806
diese erst als ‚Schlachthaus', später als ‚Heuboden'
nutzten. Dann übernahm sie die Preußische Armee,
nutzten sie zum Exerzieren, dann als Mannschafts-
quartier, da sie zugunsten der Nikolaikirche nicht
aufgebaut werden konnte. Der Bereich Jüdenstraße
bis zum Viktoria-Ufer wurde dann Kasernengebiet.
Als die Moritzkaserne 1920 abgerissen wurde,
forschte man nicht weiter nach der Moritzkirche. Sie
ist in aller Stille der Geschichte entglitten."

Wolfgang sah ihn verblüfft an. „Sehe ich einen
Trauerflor um deine Augen?" „Ganz so schlimm ist es

nicht, ich kann nur nicht fassen, wie manche Menschen mit kulturellen Werten umgehen." Wolfgang tröstend „Immerhin steht die Stadtbibliothek noch, vielleicht hören wir ja von Direktor eine positivere Einstellung zu kulturellen Werten." Sie waren inzwischen vor der Volkshochschule. „Früher," sagte Ralf, „wären wir das ganze Zuchthausgebäude entlanggelaufen." „Jetzt ist aber gut!" knurrte Wolfgang.

In der Stadtbibliothek

„Wir möchten gern den Direktor der Bibliothek sprechen!" „Haben Sie einen Termin?" fragt die Dame am Informationstresen. Der Kommissar hielt stattdessen sein Ausweis hin. „Einen Augenblick bitte," sagte sie unbeeindruckt, als hätte er einen Bibliotheksausweis vorgezeigt. Da stand der Direktor der Bibliothek auch schon hintern ihnen. „Detlef Meyer, willkommen im Palast des Wissens." Der Detektiv, der ihn schon zu kennen schien, begrüßte ihn mit Handschlag. „Wir kommen eigentlich nur vorbei, um einige Informationen zu erhalten." „Gern," sagt Herr Meyer, womit kann ich dienen?" „Sie haben sicher von den Toten am Reformationsplatz gehört," sagt der Kommissar, nachdem auch er dem Direktor die Hand gereicht hat. Sie gingen in dessen Büro. „Wir wollten uns nach Templern erkundigen. Wir haben da eine Beteiligung an dem Fall, aber wenn wir nachfragen, hören wir mehr Verschwörungstheorien als hilfreiche Hinweise. „Über Verschwörungstheorien können Sie auch hier viel lesen, aber eigentlich sind die Templer in meinen Augen nur noch ein ‚Trachtenverein'. Das hören die Herren, die sich
78

mit Templern identifizieren zwar nicht gern, aber es ist eben nur noch die große Vergangenheit das, was reale Bedeutung hatte, aber das werden Sie ja kennen." Barleben nickte und sagte mit leiernder Stimme: „Ein geistlicher Orden, der von 1118 bis 1312 existierte. Die Geistlichen nannten sich Tempelritter, Templer, Tempelherren oder Ordensherren hier im Osten Deutschlands – der genaue Name war wohl: ‚Arme Ritterschaft Christi und des salomonischen Tempels zu Jerusalem'. Durch Schenkungen wurden sie reich, dass sogar die Königshäuser bei ihnen verschuldet waren, was ihnen zum Verhängnis wurde." „Prima, Herr Barleben, setzen! Zwei." Herr Meyer grinste: „2012 hat der Vatikan mitgeteilt, dass es keine vom Vatikan anerkannte Nachfolgegesellschaft gibt. Es gibt natürlich Neugründungen, aber ohne päpstliche Anerkennung bleibt der Templerorden aufgelöst … jedenfalls nach den Statuten der Templer damals." „Aber es gab doch den Deutschen Orden?" sagte der Kommissar irritiert. „Gut kombiniert," sagte Herr Meyer, „aber der Ordensstaat stand in der Rechtsnachfolge der Malteser. Der vollständige Name lautet: ‚Orden der Brüder vom Deutschen Hospital Sankt Mariens in Jerusalem.' Es ist eine Ordensgemeinschaft der römisch-katholischen Kirche. Sie widmen sich noch heute diakonischen und Pflegeaufgaben."

„Ein letztes noch," erinnerte Barleben, „wir haben auch in diesem Zusammenhang von Freimaurern gehört, könnten die noch Zugriff auf politische Aktivitäten in Spandau oder Berlin haben?"

„Die gibt es in der Tat noch, aber nicht mehr als esoterische Gruppe, obwohl ich mir da bei deren Aktivitäten in USA und Großbritannien nicht ganz sicher bin. In Deutschland gibt es noch mehr als 15.000 Freimaurer. Hier ist es eher eine Gruppe mit einer besonderen ethischen Gesinnung. Ihr Grundsatz ist ‚Freiheit, Gleichheit, Brüderlichkeit, Toleranz und Humanität'. Deshalb gibt es auch einige Politiker, die sich in sog. ‚Logen' treffen. Die Hauptloge ist in England, daher nennen sich viele auch ‚reguläre' Logen, das heißt, sie sind von der Hauptloge anerkannt. Für mich sind die heutigen Freimaurer ein ‚Geheimbund ohne Geheimnis', ihre Rituale sind etwas befremdlich, aber für Menschlichkeit und ein gutes Gewissen einzutreten macht sie mir doch wieder sympathisch. Sie helfen sicher einander, sind aber politisch und wirtschaftlich keine Gefahr für eine demokratische Gesellschaft. In Diktaturen allerdings werden sie verfolgt, daher gibt es sie auch nur in westlichen Gesellschaften mit demokratischen Strukturen, … glaube ich."

„Also keine Einflussnahmen, die der Gesellschaft schaden," vergewisserte sich der Kommissar. Herr Meyer lächelte: „Nach meiner Einschätzung taugen sie nicht für die Verschwörungstheorien, die ihnen z.B. im Internet unterstellt werden."

„Herr Meyer, ich habe doch noch aufgrund eines Gespräches auf dem Weg hierher ein Anliegen: Wie sehen Sie eigentlich das Verhältnis ‚Bevölkerung und kulturelle Güter'? Ich denke da an den Umgang mit Kirchen, z.B. mit der Moritzkirche und der Gertraudenkirche in Stresow."

Detlef Meyer sah ihn erstaunt an. „Darüber denke ich auch oft nach. Unsere Stadtbücherei ist ein Beispiel dafür: Im 19. Jahrhundert gab es private Lehrbüchereien, als aber der Spandauer Volksbildungsverein eine Volksbücherei 1907 begründete, gab es nur private Spender. Unsere Ratsherren haben dies nicht unterstützt. Dann aber kam der Krieg. Gesellschaft verrohen in Kriegszeiten oft, was noch lang nachwirkt. Das hat offenbar auch unsere Ratsherren beschäftigt, denn 1920 gaben sie zur Unterstützung der Bildungsaufgabe der Bücherei 100.000,- Reichsmark. Dann aber kam die Nazi-Zeit. Bücher wurden verbrannt: 10% des Bücherbestandes standen auf dem Index, fast 4000 Bücher … und 1945 waren alle fünf Bibliotheken in Spandau und die Zweigstelle in Haselhorst verwüstet. Schon Ende 1946 waren alle wieder in Betrieb. Es wurden allerdings 10.000 Bücher mit Nazi-Propaganda aussortiert. Sie waren allerdings noch Wissenschaftlern zugänglich.
Also meine Meinung: Bildung und Kultur ist eine hoheitliche Aufgabe und wird damit zum Maßstab für das Gelingen des demokratischen Wandels eines Staates. Wenn ich an das Bildungswesen in den Stadtstaaten der Bundesrepublik denke, mache ich mir Sorgen, aber noch hoffe ich auf den Wandel. Es gibt immer Zeiten der Verwahrlosung, nicht umsonst wachsen nach Kriegen sehr viel Kinder in staatlicher Obhut auf, obwohl viele der Kinder nicht elternlos waren. In solchen Zeiten ist der Bauch eben auch näher als die Kultur. Mit dem Ansteigen der Zahlen von Kindern in staatlichen Einrichtungen und von

jugendlichen Schulabbrechern steigt auch die Kultur-losigkeit."

Kreidler und Barleben gaben ihm beipflichtend die Hand zum Abschied, „Danke, Herr Meyer!".

Sie verließen die Bibliothek und gingen, jeder seinen Gedanken nachhängend, die Carl Schurz Straße entlang.

Zu spät

Sie waren schon fast am Markt, als der Kommissar sagte: „Lass uns zu Dirk Loell gehen, Du erinnerst dich, der Sanitätsunternehmer." Kaum fünf Minuten später waren sie da, in der Breite Straße nahe der U-Bahn ‚Altstadt Spandau'. Als Barleben den U-Bahn-hof-Zugang sah, sagte er: „Der Bahnhof ist 14m tief und der Tunnel dorthin führt unter die Havel durch." Und, ist es der tiefste Tunnel Berlins?" „Nein," Barleben sah ihn triumphierend an, „am tiefsten ist die U8 am Bahnhof Leinestraße mit 18m." „So doll ist das auch nicht, der am Münchner Stachus soll 34m tief sein." Ralf sah ihn überrascht an. „Meine Schwester hat da mal gewohnt." Sagte es und betrat das Haus. Nach außen sah es gar nicht nach einem Sanitäts-unternehmen aus. Ein großer Mann kam ihnen ent-gegen. Kommissar Kreidler ging auf ihn zu: „Herr Dirk Loell?" Er gab dem Mann die Hand zur Begrüßung, „mein Partner Barleben. Wir würden gern mit Ihnen über zwei Mitarbeiter sprechen." „und Mitarbeiterin, ergänzte der Detektiv, Elmar Friedrich und Juliane Bredelow." „Herr Friedrich hat mich schon informiert, wissen Sie, ich habe hier einige Kolleg*innen, die

eine zweite Chance brauchen. Frau Bredelow gehörte allerdings nicht dazu. Gehen wir doch ins Büro." Er bat sie, sich zu setzen. Ein angenehmes Ambiente aus Kiefernholz. Die Stoffe waren alle in blau
und grün gehalten. Inzwischen goss ihnen Herr Loell
einen bereitstehenden Kaffee ein. „Wissen Sie, das
Arbeitsklima und Ehrlichkeit sind hier die wichtigsten
Grundsätze. Elmar wird ihnen gewiss alles sagen."
„Den Eindruck haben wir auch," sagte der Kommissar, „aber Frau Bredelow haben wir noch im Verhörraum. Sie wirkt auf uns, als würde sie etwas ver-
schweigen. Wir gehen normalerweise nicht zum
Arbeitgeber, aber ihr Fahrzeug war beteiligt und zwei
Mitarbeiter." „Mitarbeiter*innen", ergänze Barleben.
Der Kommissar sah ihn irritiert an und sprach dann
weiter: „Wie gut kennen Sie Juliane Bredelow." „Sie
ist eine zuverlässige und auch sehr pfiffige Mitarbeiterin, ich weiß, dass sie die Kollegen manchmal
für ihre Zwecke ‚gebraucht', aber solange alles gut
klappt und die Touren besetzt sind, bin ich da gelassen. Es gibt natürlich Grenzen, aber ich habe bisher
nicht wahrgenommen, dass sie diese überschritten
hätte." „können Sie das präzisieren?" fragte Barleben. „Na ja, das übliche in unserer Branche," sagte
Dirk Loell, „Tablettenmissbrauch, jede Form von
Diebstahl, Unzuverlässigkeit. Wir sind darauf angewiesen, dass Helfer immer pünktlich sind, wir würden
sonst nicht mehr gerufen werden. Uns kontaktiert ja
nicht nur Polizei, sondern auch Apotheken, manchmal die Kommune. Wir tun dafür auch viel: Wir haben
das Haus zu einem Null-Energie-Haus gemacht mit

Solar auf dem Dach, einen Klimaboden und Infra-Rot-Fensterheizungen. Über das Jahr gibt unser Haus mehr Energie ab, als es verbraucht, wir haben auch das erste elektrische Einsatzfahrzeug."

„Hört man denn das Auto noch, wenn es fährt?" fragte Barleben verblüfft. „Ein Lausprecher sorgt für einen Geräuschpegel, der sich aber ausschaltet, wenn das Martinshorn und das Blaulicht angehen."

„Genug der Werbung, Herr Loell, ich habe noch eine Bitte: Können Sie uns zur Wohnung von Frau Bredelow begleiten?" „Es ist nicht weit, ich begleite Sie gern," sagte der Angesprochene. „Haben Sie die Schlüssel?" fragte Barleben. „Die brauchen wir nicht, der Hausmeister hat einen. Ich wurde schon manchmal gebeten, ihr Dinge zum Einsatzort zu bringen. Sie kennt den Hausmeister wohl schon länger, jedenfalls hilft er immer bereitwillig."

Sie gingen los. Der Hausmeister war etwas erstaunt: „Schon wieder Polizei. Sie haben doch heute früh erst die Wohnung durchsucht," machte sich aber auf und ging voran. Dirk Loell wirkte konsterniert: „Eine Hausdurchsuchung?" Der Kommissar sah ihn an, „Gleich, ich erzähle Ihnen gleich alles", denn zur Überraschung aller stand die Wohnungstür einen Spalt offen. „Die hatte ich nach der Durchsuchung verschlossen," beteuerte der Hausmeister. Aber der Kommissar schnitt ihm das Wort ab. „Ich bitte Sie alle, vor die Haustür zu gehen. Gibt es hier einen Hinterausgang?" Der Hausmeister schüttelte den Kopf. „Ok, raus! Ralf, Du gehst eine Etage höher." Er blieb vor der Wohnungstür stehen, rief mit dem Handy die Zentrale der Polizei an und forderte einen

84

Einsatzwagen an. Kaum drei Minuten später waren die Kollegen da. „Mein Kollege hat keine Waffe, daher habe ich Sie zur Deckung angefordert. Wahrscheinlich ist die Wohnung leer, sonst wäre schon etwas zu hören, aber sie wissen ja: Vorsichtig ist die Mutter der ...“ Er ging voran. Küche, Bad, dann ein Wohnzimmer, ein Schlafzimmer und ein kleiner Raum, der offenbar als betretbarer Schrank genutzt wurde, denn der Raum war voller Kleiderstangen und Schuhschränken. Die Überraschung war aber das Wohnzimmer, während sonst alle extrem ordentlich wirkte, war im Wohnzimmer alles durcheinander. Alle Fächer von Schränkchen waren aufgerissen, vor einem abgeräumten Regal lagen Bücher und Nippes. „Wir kommen zu spät!“ Und zu den Kollegen gewandt: „Holt die Spurensicherung. Bleibt vor der Wohnung bis sie kommen. Wir gehen raus.“
Vor dem Haus berichtete der Kommissar kurz und verabschiedete den Sanitätschef und den Hausmeister.

Kirchliche Verwicklungen

„Jetzt ist uns Frau Bredelow aber eine Erklärung schuldig,“ stellte Barleben fest. „Das war sie soundso, aber vorher wollte ich noch einmal zum Reformationsplatz, hier durch die Kirchgasse kommen wir dorthin.“
Als sie die Nikolaikirche sahen, sahen sie auch, dass der Pfarrer gerade ältere Menschen verabschiede. „Komm, wir fragen ihn, ob er etwas erfahren hat.“ Der Kommissar steuerte direkt auf ihn zu.

„Herr Pfarrer Straubing," sprach der Kommissar ihn an, als die letzte der älteren Damen ihm die Hand gegeben hatte. „Kreidler ist mein Name. Wir hatten telefoniert." Der Pfarrer bestätigte das Gespräch. „Ich habe die meisten Konzertbesucher*innen schon wieder gesprochen, aber niemand hat mehr berichten können, als an dem Tag schon gesagt wurde. Dabei waren alle recht aufmerksam, weil die meisten die Sanitäter kannten. Herr Loell, der Leiter des Sanitätsunternehmens ist ein guter Christ. Neben Gottesdienstbesuchen spendet er auch oft und lässt seine Mitarbeiter*innen auch kostenlos Vorträge über Seniorengesundheit bei unseren älteren Gemeindegliedern, die zu Gruppen kommen, halten. Das ist ein wichtiger Beitrag, denn viel der Älteren haben kaum noch soziale Kontakte und meiden seit Corona auch Wartezimmer bei Ärzten. Das ist ein Problem. Darum wird bei uns der diakonische und seelsorgerliche Aspekt christlichen Lebens immer wichtiger."

Der Kommissar bedankte sich beim Pfarrer.
Nachdem sie einige Schritte gingen, sagte Ralf: „Johannes Straubing, er ist ein beliebter Pfarrer und bekannt für seinen diakonischen Ansatz. Mit Nikolai tun sich aber andere Gemeinden in Spandau schwer, weil sie fürchten mit zunehmendem Schwund an Gemeindegliedern von der Hauptkirche ‚geschluckt' zu werden." „Ist das nicht vernünftig, wenn die Kirche immer weniger Christen anzieht? Irgendwann sind doch die Gemeinden alle aus der einen entstanden, oder?"

Ralf bestätigte diesen Umstand, sagte aber: „Gerade die Nazizeit hat gezeigt, dass es gut ist, wenn andere Gemeinden andere Wege gehen. Da war Nikolai nicht immer Vorbild.

Nach Aufruf im Deutschen Pfarrblatt zur Bildung einer nationalsozialistischen Pfarrorganisation meldete sich als einer der ersten Pfarrer Fritz Kessel, Pfarrer der Nikolai-Gemeinde in Spandau. Aber es wurde noch schlimmer: als 1930 die NSDAP mit 18% und als zweitstärkste Partei in den Reichstag einzog, führte dies zu einer Gründung einer nationalsozialistischen Kirchenpartei mit Namen ‚Glaubensbewegung Deutsche Christen' (DC). Der Oberkirchenrat ließ die DC zu den Gemeindekirchenratswahlen und den Gemeindevertretungen zu, die in Spandau mit 47,2% das beste Ergebnis Berlins errangen, im Ortsteil Siemensstadt sogar 50%. 1933 erhielten die Deutschen Christen sogar 75%. Erst als der Staatskommissar für Kirchenfragen August Jäger die Ausgliederung von Beamten mit jüdischen Wurzeln verlangte, was schon ab 1930 Praxis war, und sogar einforderte, die jüdischen Elemente aus den Evangelien zu streichen, rief das einen weitgehenden Protest unter evangelischen Christen hervor. Es bildeten sich der Pfarrernotbund und andere Bewegungen, teils in einzelnen Gemeinden. Hier kam immerhin eine der Lichtgestalten aus Spandau, denn neben Martin Niemöller und Günter Harder zeichnete sich auch der Spandauer Superintendent Martin Albertz aus, der versuchte, von staatlichen Repressionen Betroffene zu schützen. Der DC spaltete sich in

‚Radikale' und ‚Gemäßigte', was den DC schwächte. Die meisten Pfarrer verhielten sich aber auch neutral, so dass die Konflikte, die sich in Gemeinden und Kirchenkreisen ergaben, Konflikte zwischen Minderheiten waren. Na ja, und den Schluss kennen wir ja. Als alles zu Ende war, wollte natürlich niemand auf der falschen Seite gestanden haben. Auch nicht in der Kirchenleitung, die am meisten Nazis in ihren Reihen hatten. In vielen Gemeindechroniken kann man ja heute lesen, wie stark Gemeinden Repressalien durch die Kirchenleitungen ausgesetzt waren. Eine gute Aufarbeitung kenne ich lediglich aus dem Friedhofsverband evangelischer Friedhöfe, die auch Zwangsarbeiter beschäftigen mussten, wobei manche Kollegen es auch als ein Geschäftsmodell akzeptierten, um die Friedhöfe aus den roten Zahlen zu holen."

„Das stimmt natürlich alles, aber es gab auch Älteste und Pfarrer, die zur Bekennenden Kirche gehörten und die Kirche nach dem Krieg zu einem neuen Anfang führte," sagte Wolfgang nachdenklich. „Das stimmt," bestätigte Ralf, „ich kenne zwar die Chronik von Nikolai nicht, aber insgesamt haben doch viele Gemeinden mit diesem Mittel eine umfangreiche Aufarbeitung durchgeführt … das ist bei der Polizei und der Justiz nicht so eindeutig gemacht worden." „Immerhin sind ja die Opfer am Eingang des Polizeireviers benannt, sagte Ralf. „Aber wer", so Wolfgang, „hat sie verdächtigt, denn ein Verdacht reichte ja schon … und waren es nicht Kollegen, die sie denunziert hatten, und vielleicht noch einen Vorteil

davon hatten, weil sie deren Stelle bekamen. Das alles wüsste ich auch gern, wenn ich solch ein Schild sehe. Nach bösen Zeiten identifizieren wir uns immer gern mit den Opfern, das ist mir aber zu billig."
„Trotzdem finde ich gut, dass die Opfer der Nazis am Polizeirevier benannt werden, sagte Ralf trotzig.

Alles wird verwirrender.

Im Revier angekommen griff Kreidler sofort zum Telefon. Barleben ließ Frau Bredelow in den Verhörraum bringen. Als sie sich auf den Weg zu ihr machten, unterrichtete Kreidler Barleben kurz über das Telefongespräch: „Ich habe bei der Drogenfahndung nachgefragt. Frau Bredelow ist dort zwar bekannt, aber es liegt länger zurück. Sie beobachten aber derzeit einen Drogenring in Spandau, ein arabischer Clan ist darin verwickelt. Sie sind jedenfalls sehr interessiert an den Ergebnissen der Hausdurchsuchung und am Bericht der Spurensicherung. Ich habe das schon in die Wege geleitet."

An der Tür des Verhörraums nickten sie einander zu und öffneten die Tür. Die begleitende Beamte zog sich in eine Ecke zurück. Frau Bredelow wirkte nicht mehr ganz so selbstsicher. Offenbar hatte sie das Warten in der ungewohnten Umgebung gestresst. ‚Verständlich', dachte Ralf.

„Haben Sie uns etwas mitzuteilen," fragte der Kommissar. „Wie ich schon sagte," begann sie zaghaft, „ich kannte Gerland schon aus der Studienzeit.

Schon damals habe ich auch für ihn die Pillen vertickt. Ich hatte gar keine Ahnung, was er da zusammenmischte. Wir haben sie einfach nur als ‚trips‘ beworben. Ich wurde dann aber erwischt, kam mit einer sehr geringen Strafe davon. Gerland ist nichts passiert. Wir haben damals mit all dem aufgehört, um unser Studium nicht zu gefährden. Als ich ihn jetzt wiedersah, dachte ich: der hat sein Studium gut geschafft, ich war gescheitert und bin jetzt eine bessere Krankenschwester ... und er?"

„Und wie ist das ausgegangen?" fragte Barleben.

„Ich habe ihn daran erinnert," antwortete sie. „Das heißt, Sie haben ihn erpresst," konstatierte der Kommissar. Sie nickte kleinlaut.

„Wenn Sie nichts von ihm bekommen haben – ich hatte das doch richtig verstanden? – wo haben Sie dann die Drogen und Steroide her, die wir in ihrer Wohnung gefunden haben?" Der Kommissar sah sie an. Sie senkte die Augen: „Glauben Sie, dass ich meine Wohnung in der Breiten Straße vom Gehalt einer Sanitäterin bezahlen kann?" Barleben nickte zufrieden, eine seiner Fragen war wohl abgehakt. „Ich habe immer versucht, die Firma rauszuhalten, denn ich mochte Dirk, der ständig damit beschäftigt war, seine ökologischen Fantasien umzusetzen."

„Aber auf solche Menschen sind wir heute angewiesen, Leute, die Ideen umsetzen. Und das Unternehmen hat er ja wohl auch gut in Griff," unterbrach der Kommissar sie, „aber mit wem haben Sie sich eingelassen? Irgendjemand liefert ihnen doch die Drogen."

„Ich bin in Clubs angesprochen worden. Es gibt ja so viel Clans in Berlin: Remmo, Abou-Chaker, Miri, Al-

Zein. Ich habe mich nie getraut zu fragen. Wir haben uns zu Übergaben immer in Kreuzberg getroffen."

„Wo da genau?" unterbrach sie Barleben. „Ich bin mit der U7 zur Möckern-Brücke gefahren, dann mit der U1 zum Görli. Ich bin dann zum Lausitzer Park gelaufen, dort hat mich ein junger Mann, ein Deutscher, mit der Ware versorgt und ich habe das Material von der letzten Übergabe bezahlt und bin dann immer mit dem Taxi heimgefahren, weil ich Angst hatte, dass in der U-Bahn ein Drogen-Hund mich überführen könnte."

„Und wozu brauchten Sie die Steroide?" Sie sah den Kommissar ins Gesicht. „Männer, viele, die ich kenne, geben gern mit einem tollen Body an, aber das Trainieren ist ihnen zu viel. Na ja, bei uns Frauen gibt es ja ähnliches. Man will immer top aussehen, aber das kostet auch. Ich habe das meiste für Klamotten ausgegeben, für Schuhe, für das Ambiente daheim. Jeder braucht eben mehr Geld, als uns die Gesellschaft zugesteht."

„Gesellschaftskritik ist jetzt nicht mein Anliegen," unterbrach der Kommissar ihre Selbstmitleidsarie, „mich würde viel mehr interessieren, wie es nun zum Erschlagen des Opfers gekommen ist?" „Ich habe damit nichts zu tun. Ja, ich hatte dem Typ am Lausitzer Park davon erzählt, dass wir eine Quelle zur Herstellung bekommen könnten. Sie haben dann die Erpressung verlangt. Ich habe dem gesagt, dass es so nicht funktioniert. Als Arzt hat man viel zu verlieren. Er lachte nur, ‚wenn Sie wüssten …' jedenfalls gab er mir ein Prepaid Handy und sagte, er würde sich melden." „Und das hat er ja wohl auch," ergänzte Barleben. „Genau, zwei Tage später bekam ich die Anweisung, wir sollten in die Kammerstraße fahren; dort wurde uns die Kiste übergeben mit dem Auftrag, sie in das Loch neben dem Standbild Joachim II. zu werfen, also den Inhalt." Aber Sie müssen doch wahrgenommen haben, wen Sie da entsorgen sollten, oder?" „Ja, eigentlich habe ich es gleich geahnt. Deswegen habe ich ja auch Elmar gebeten, den Wagen von den Templern zu besorgen, ich hatte mitbekommen, dass er da so eine Art Verschwörungsfantasien hatte, die kannte ich von Gerland auch schon. Ich dachte, dies würde die Suche in eine andere Richtung lenken. Außerdem hatte ich gehofft, dass bei einem Loch auch Sand ist, aber da war gar nichts … zudem war gerade ein Konzert an der Nikolaikirche zu Ende. Wir mussten einfach weg. Ich habe dann Elmar rumfahren lassen und per Handy diesen Typ vom Lausitzer Platz informiert. Erst dachte ich, damit sind wir raus."

„Erstens," kommentierte der Kommissar das Beschriebene, „Es waren Hohlräume unter der Erde, weil es vor ewigen Zeiten ein Friedhof war. Zweitens: Sie sind noch längst nicht raus, denn heute wurde in Ihre Wohnung eingebrochen." Sie sah ängstlich auf. „Keine Sorge, hier bei uns sind Sie sicher. Wir müssen Sie allerdings an unsere Kollegen von der Drogenabteilung überstellen."

Er nickte der Kollegin zu, die mit Frau Bredelow den Raum verließ.

Ohne Sanitäter geht es nicht

„Was hat der Kerl vom Lausitzer Platz wohl gemeint, als er sagte ‚Wenn Sie wüssten …' das lässt einen doch das Blut in den Adern gefrieren." Wolfgang schien sich gerade vorzustellen, wie sein Hausarzt ihm Drogen injizierte. Ralf sah ihn belustigt und zugleich mitfühlend an. „Du weißt doch, wie das in unserer Gesellschaft ist. 2-3% der Bevölkerung nehmen es mit den Werten nicht so genau, bzw. sehen Werte nur, wenn sie materieller Natur sind. Nicht jeder Arzt ist schlecht, aber es gibt eben einige Gauner. Und selbst von denen sind es manche nur, weil die Umstände sie dazu zwingen. Es gibt ja auch korrupte Polizisten, aber 98% leben gemäß dem Ehrenkodex unserer Berufsgruppe. Obwohl ich ja manchmal glaube, dass unser Gesundheitssystem, immerhin das teuerste der Welt, nie ausreicht, weil sich zu viele Ärzte zu sehr bedienen, aber wahrscheinlich ist das auch nur ein Vorurteil." Wolfgang dachte wohl auch darüber nach und fragte: „Geht es denn ohne?"

Ralf sagte: „Im 17. Jahrhundert ging es noch ohne." Für Unfälle und Verletzungen bei Prügeleien war der Bader zuständig, meist Wenden, die nicht in der Ärzte-Rolle stehen durften, also für die Ärmeren zuständig waren. Und den Transport der Verletzten besorgten Angehörige, die die Verletzten trugen oder per Hand- und Pferdewagen transportierten. Das Rettungswesen mit seinen Ausbildungsrichtlinien, wie wir es kennen, wurde sogar erst 1977 in Ländergesetzen geregelt, nicht mal als Bundesgesetz. Als Notfallsanitäterin oder Notfallsanitäter besitzt du die höchste Qualifikation im Rettungsdienst, die ohne ärztliches Studium zu erreichen ist. Immerhin sind sie für die Erstversorgung der Patienten und für die Überwachung des Transportes zuständig."

Pestzeiten

„Für vieles waren früher sicher auch Apotheker zuständig," erinnerte sich Wolfgang, „sagtest Du nicht, sie entstanden während der Pest." „Genau", bestätigte Ralf, „Die Pest, oder der „Schwarze Tod, ging zum ersten Mal in einer kleinen Hafenstadt am Schwarzen Meer im Jahr 1347 um. Viele klagten plötzlich über Fieber, Kopfschmerz und Schwäche. Bei rasendem Puls begannen sie zu taumeln, konnten nicht mehr flüssig sprechen. Die Lymphdrüsen schwollen an und Tagen später bildeten sich schwarze Flecken auf ihrer Haut. Kurz danach starben sie. Dieser ‚Schwarze Tod' breitete sich schnell in ganz Europa aus. 400 Jahre war es die Geißel Europas. Allein von 1349 bis 1351 fielen mehr als 25 Millionen Menschen dieser Seuche zum Opfer. Ärzte hielten die schlechte und kranke Luft für den vermeintlichen Verursacher der Seuche. 1771 trat sie noch einmal in Moskau auf. Wanderraten waren dafür verantwortlich. Seit 1945 kennt man den Erreger. Dennoch war der letzte Ausbruch in Deutschland im August 2017, aber schon im November wurde sie als besiegt betrachtet. Durch die Reisemöglichkeiten kommen manche Krankheiten zu uns. Wir haben es ja bei der Corona-Pandemie erlebt."

„Danke, Kollege, mir reicht es für heute. Ich geh mir erst mal die Hände waschen." Wolfgang stand auf. „Und den Mund ausspülen," sagte Ralf belustigt, „aber eines noch, wusstest Du, dass der Pestbrief der Vorläufer des Reisepasses war?" „Nein, was denn noch?" fragte Wolfgang resigniert wirkend.

„Ja, es gab sogar mal Pestbriefe. Der erste heißt: ‚Kurfürst Joachim Friedrichs Pestordnung für Berlin und Cölln', erstellt in Alt-Ruppin am 20. Juli 1598. Da heißt es: ‚Der Rat zu Berlin und Cölln teilt dem Rat zu Spandau mit, dass wegen des dortigen Pestausbruchs aus Spandau kommende Personen in Berlin und Cölln nicht eingelassen, die Post zwischen den Städten aber weiterbefördert würde, 7. August 1637'. Solche Briefe wurden oft mehrfach durchstochen, wahrscheinlich um sie zu desinfizieren. In alten Pfarrarchiven findet man solche Briefe."

Der Pestbrief des Kurfürst Georg Wilhelm vom 14.9.1637 weist den Rat zu Spandau an, an Pest Erkrankte aus der Stadt zu bringen, deren Häuser mit weißen Kreuzen zu markieren und Gestorbene außerhalb der Stadt beizusetzen.

Es gibt sogar zwei Verzeichnisse über die während der Pest an Spandauer Einwohner gezahlten Unterstützungsgelder, 1567 und 1576. Da drin stehen auch alle 1576 in Spandau an der Pest verstorbenen bzw. begrabenen Personen. Zudem gab es einen

Maßnahmenplan für den Fall eines Pestausbruchs. Der Entwurf stammt aus dem Jahr 1710.

Dann kam man aber darauf, gesunden Reisenden Pestbriefe auszustellen. Es durfte natürlich auch niemand aus dem Haushalt betroffen sein. Damit ließ man sie dann in Städte hinein."

„Also ein ganz normales Zolldokument, mehr ist doch der Reisepass auch nicht, es ist ein Türöffner für das Betreten anderer Länder," kommentierte Wolfgang den Ausflug in die Pestzeiten mit ihren Nöten und Lösungsversuchen. „Ich bräuchte jetzt einen Türöffner für unseren Fall."

Die lügen doch alle

„Glaubst Du der Dame eigentlich alles?" fragte Ralf den Kommissar. „Ich denke, sie weiß mehr, als sie preisgibt." Sagte dieser nachdenklich. Ralf wirkte überzeugter: „Frauen lügen doch immer, wenn es um ihren Vorteil geht." Wolfgang sah ihn entsetzt an: „Wie kannst Du denn so etwas sagen?" „So ist es doch," entgegnete Ralf gelassen, „an der Spitze der Lügenden stehen Frauen und Versicherungen."
Wolfgang wirkte immer noch geschockt, „Gut, Versicherungen, da gehe ich noch mit, die werden aber auch oft betrogen, aber Frauen?" „Die werden in unserer Gesellschaft oft benachteiligt, das stimmt ja," dachte Ralf Wolfgangs Gedanken weiter, „aber darf man deshalb lügen?" „Natürlich nicht, aber solche Urteile pauschal zu fällen ist auch nicht ok," antwortete Wolfgang entrüstet." „Bei Versicherungen bis Du

Dir aber nicht so sicher, oder? setzte er der Ent-
rüstung Wolfgangs entgegen. „Na ja, jeder hat mal
schlechte Erfahrungen mit Versicherungen gemacht,
deshalb können die sich Glaspaläste bauen. Und
was meinst Du, warum es Pflichtversicherungen gibt,
das ist gekonnte Lobby-Arbeit. Glaubst Du wirklich,
dass Politiker unabhängig arbeiten und entscheiden?
Nicht umsonst sitzen im Reichstag fast so viel Lobby-
isten wie Politiker." „Da mag ja was dran sein, aber
Pflichtversicherungen sollen doch Menschen davor
schützen, durch besondere Umstände in Not zu kommen." Wolfgang schnappte nach Luft. Ralf blieb gelassen. „Wieviel haben denn bei der Flutkatastrophe
im Ahrtal wirklich ihr Geld bekommen, davon ganz
abgesehen, dass vielen vorher eine Versicherung
verweigert wurde. Aber das ist ja nicht das Schlimm-
ste. Warte mal, bis Du Deine Rente beantragst.
Jedem wird irgendetwas nicht anerkannt. Bei 21
Millionen reichen all die nichtanerkannten Renten-
anteile, um Glaspaläste wie am Hohenzollerndamm
zu bauen. Ich bin in einem Männerkreis, da höre ich
immer wieder von den Kämpfen mit der Rentenversicherung. Und der größte Betrug ist die sog.
‚Väterrente'. Welcher Vater kriegt die denn. Die
Erklärung ist immer gleich: ‚Ihre Frau hat schon
Kinderanteile erhalten, darum ist das für uns abge-
golten.' Ein Vater hat erzählt, 10 Monate nach der
Geburt eines Kindes, kam er von Arbeit und fand sein
Kind und den von der Frau neu gekauften Schäfer-
hund allein in der Wohnung. Auf einem Zettel, der auf
dem Küchentisch lag, stand nur ein Satz: ‚Dein

Leben ist mir zu klein.' Das Kind hatte volle Windeln, der Hund kam ihm vor Hunger bellend entgegen. Was macht man da? Er hatte zum Glück eine Schwester, die in einer KiTa arbeitete, die ja eigentlich damals erst ab 3 J. Kinder nahmen. Erst half seine Mutter, dann organisierte die Schwester, dass immer kurz nach sechs Uhr jemand in der Kita war, so konnte er seine Arbeit behalten. Ach ja, die Frau hatte natürlich vom gemeinsamen Konto, zu dem sie noch nie etwas beigetragen hatte, das frische Gehalt und den vollen Disposatz abgeräumt. Erst nach einem halben Jahr hörte er, dass sie auf Kreta im Gefängnis saß, weil sie das Hotel nicht bezahlen konnte. Mann und Kind waren umgezogen, um näher an der KiTa zu sein. Die Eltern der Frau hatten sie wohl in Kreta ausgelöst. Er hatte inzwischen die Scheidung eingereicht. Die Scheidungsanwälte schrieben ihm nun, dass er den Prozess verlieren und das Sorgerecht nicht erhalten würde, wenn er sie nicht in die eheliche Wohnung ließe, da sie ja noch nicht geschieden wären, was ohne ihre Einwilligung ja auch gar nicht möglich gewesen wäre. Er hat ihr also ein Zimmer eingerichtet – sie lebten getrennt in der Wohnung. Um das Kind kümmerte sie sich nie, dafür bediente sie sich aber an seinen Lebensmitteln, überließ ihm allen Haushalt und fuhr das Auto zu Schrott. Nach wenigen Monaten verschwand sie wieder. Sie begann dann eine Lehre als Krankenschwester und versuchte von ihm Unterhalt zu bekommen. Da sie ihn aber mit über 30.000 DM Schulden plus Anwaltskosten allein ließ, konnte sie es nicht durchsetzen. Ein Jahr später verlangte sie das Sorgerecht. Die Familienrichterin sprach es ihr auch zu. Bei Familiengerichten waren Väter schon immer Verlierer … dies beklagt die Evangelische Männerarbeit schon seit 40 Jahren. Damit, dass er allem zustimmte, es blieb ihm nichts Anderes übrig, da die Richterin mit Entzug des Besuchsrechtes drohte, durfte er das Kind zwei Wochenenden im Monat zu sich nehmen. Nach 8 Monaten holte sie aber das Kind gar nicht mehr ab. Wieder aktivierte er seine Schwester und seine Mutter, denn die Schuldenlast zwang ihn, neben der Arbeit noch andere Betätigungen zu suchen. Mit dem Familiengericht ging diesmal alles ganz schnell, denn seine Frau war wegen Tablettensucht und einer erblichen Schizophrenie in einer Anstalt. Die Richterin entschuldigte sich sogar bei ihm ‚… weiß sie aber, was sie dem Kind zugemutet hatte?' Das Kind wuchs also beim Vater auf. Bei der Einführung der Mütterrente freute er sich, weil es ja auch mit der Väterrente rechnen konnte. Nun erlebte er aber, was ich von unzähligen Männern weiß: Er erhielt mit der schon genannten Begründung ‚nichts'. Da sie offiziell in der ehelichen Wohnung bis zur Scheidung lebte, obwohl sie kaum 15 Monate dort lebte und sich kaum 10 Monate um das Kind kümmerte, bekam sie diese Zeit voll angerechnet, verbunden mit einer Arbeitsunfähigkeitsrente. Kaum ein Jahr empfing sie die Rente, dann starb sie wegen ihrer Tablettensucht. In der Anstalt hatte sie zwei Mal geheiratet. Mit jedem neuen Mann bekam sie ein Kind, die sehr schnell zu Pflegeeltern kamen. Ein einst bildschöner und doch so armseliger Mensch starb mit 39 Jahren. Die Krone setzte aber die Rentenversicherung darauf. Bei einem Telefongespräch sagte eine Mitarbeiterin, der er vorwarf betrogen worden zu sein: ‚Nicht wir haben Sie betrogen, sondern Ihre Frau hat sie betrogen.' Die wissen das, aber es ist ihnen egal. Übrigens, als der Mann neue Unterlagen einrichte, die sein Recht bestätigen sollten, bekam er umgehend Antwort. Ungläubig öffnete er den Brief. In Händen hielt er den fünf Jahre alten Bescheid der früheren Entscheidung. Was soll man von solch einem Verein halten?"

Wolfgang sah ihn sprachlos an. „Willst Du in Sachen Väterrente noch mehr hören. Ich wünschte mir, die Männerarbeit würde mal eine ‚me to-Aktion' starten, damit die Familienministerin mal erfahren würde, wie man in diesem Land mit Männern umgeht. Und was die Lügereien von Frauen anbetrifft, das ist der Grund, dass ich den Rest meines Lebens allein bleibe. Und solche Männer gibt es unendlich viele."
Wolfgang prustete. „ich habe zum Glück bessere Erfahrungen gemacht." „Das freut mich für Dich … und ich weiß auch, dass es unendliche viele Frauen gibt, die von Männern geschlagen wurden. Für die haben wir als Männerkreis viele Jahre Geld gespendet, speziell für die, die sich in der Martha-Gemeinde in Kreuzberg treffen. Menschen, denen Unrecht geschieht muss man unterstützen, egal, ob Mann oder Frau. Du hast recht, nicht alle Frauen lügen, aber ehrliche Menschen sind in unserer Gesellschaft viel zu selten und sie sind meist die Verlier*innen."

„Ok," sagte Wolfgang, „aber zurück zum Fall zum Fall, Juliane Bredelow hat uns noch nicht alles gesagt, das steht fest.

Endlich ein Türöffner für den Fall

Das Telefon summte. Der Kommissar nahm es auf und strich über das Handy. „Eine Mail über das Intranet, … die Spurensicherung. Das sehen wir uns beide am Computer an." Zwei Tastenkombinationen weiter konnte er die Mail öffnen. „Acht Seiten, das geht ja." Beide sahen sich Seite für Seite an. Ralf staunt, „Was die alles gefunden haben, sogar Schmauchspuren, na, da hat uns die Dame aber vieles vorenthalten. Wer schießt denn in einer Wohnung?" „Eine Waffe oder eine Kugel wurden aber nicht gefunden. Da muss einer von der Couch auf den Balkon geschossen haben," überlegte Ralf.
Wolfgang zeigte auf den Bildschirm: „Fingerabdrücke … und sie sind nicht von ihr, aber im System. Mit dem Schießen müssen sie nichts zu tun haben, könnten aber. Ich scrolle mal weiter, die werden ja das Ergebnis der Suche im System mitteilen … ach, da: Elias Theuerkauff … nie gehört. Wenn das der Drogenverteiler vom Lausitzer Platz ist, zeigt es zumindest, dass er hier in der Wohnung war." Ralf dachte den Gedanken weiter: „War das der Einbrecher oder auch der Mörder". Wolfgang schüttelte den Kopf, „Lass uns erst bei den Kollegen der Drogenabteilung anrufen, vielleicht kennen die ihn ja und können uns eine Art ‚profiling' vermitteln." Schon war er am Handy … er stellte das Telefon zum Mithören laut.

Nach der gegenseitigen Vorstellung sagt er den Namen des Tatverdächtigen. Der Kollege am anderen Ende sagt kurz: „Bekannt, kommt doch rüber zu Direktion 2, ich besorge derzeit die Akte." Beide machten sich auf den Weg. Der Pförtner nannte ihnen die Zimmernummer des Kollegen, dann waren sie auch schon da. „Kreidler," sagte der Kommissar und zu seinem Begleiter sehend: „Barleben". „Helmer" reagierte der Kollege, „Die Akte hatten wir noch im Büro, wir hatten sie aufgrund von Beobachtungen schon vor zwei Tagen von den Kreuzberger Kollegen angefordert. Helmer weiter, „Das ist ein Student, ein angehender Jurist noch dazu. Bisher war er nur ein Verdachtsfall, er ist denen schon aufgefallen, aber bisher noch nicht erwischt worden."

Der Detektiv runzelte die Stirn: „Was ist denn mit unserer künftigen Elite los, erst das Opfer, immerhin ein Arzt, dann die Sanitäterin, immerhin ehemals Medizinstudentin, nun ein Jurist. Denen übergeben wir mal die Leitung unseres Landes."

„Nicht verzweifeln, es gibt ja auch die Guten." Helmer wollte ihm wohl Mut machen, „und den Theuerkauff greifen wir uns jetzt, der wird wohl nicht mehr Bundeskanzler." Kreidler musste lächeln, „können wir den nicht parallel zu Juliane Bredelow verhören … so nach dem Motto ‚Wer zuerst auspackt, gewinnt', vielleicht ist dem Jurastudenten seine künftige Karriere noch was wert?". „Ok," bestätigte Helmer, „wir haben hier zwei Verhörräume mit einem gemeinsamen Beobachtungsraum." „Nobel, nobel" brummte Kreidler, „gut, so machen wir es. Wir machen die Verhöre und unsere Partner hören zu," nickte er Helmer zu, der zurücknickte. „So machen wir's, in einer halben Stunde."

Beide griffen zum Handy.

Ralf fragte Wolfgang: „Wie gehen die bei der Spurensicherung eigentlich vor, ich sehe zwar häufiger die Berichte, aber ihr Vorgehen kommt bei den Fernsehkrimis immer zu kurz."

Wolfgang dachte kurz nach. „Eigentlich es immer gleich: Sie lassen die Polizei alle spurentragenden Bereiche absperren oder räumen, außen decken sie die auch bei unsteter Witterung ab. In der Zeit ziehen sie Schutzanzüge an, von der Kopfbedeckung, Mundschutz, Brille bis zu den Schuhschützern – die sind Pflicht, um nichts zu kontaminieren, sprich: um keine ‚Trugspuren' zu erzeugen, bzw. Spuren zu beeinträchtigen. Dann kümmern sie sich um Eigensicherung wegen möglicher Gase und Chemikalien. Danach beschreiben sie den Tatort, um dann im Uhrzeigersinn den Boden abzusuchen und die Gegenstände zu fotografieren. Dann gehen sie im Uhrzeigersinn die Wände ab und dann die Decke.

Die sog. ‚Heuristische Methode' – ‚Heureka' = ‚ich hab's gefunden' – lässt eine Version vom Tätereinstieg, von Handlungsorten und vom Tatverlauf erstellen. Ist die Version mit Beweisen untermauert, geht es um den Fluchtweg, evtl. um ein Fluchtfahrzeug, um den Fundort, das Versteck des Opfers, um die Beute und um Tatwerkzeuge. Gibt es verstreute Spuren, teilen sie den Tatort in Sektoren ein.

Sind Beweise da, gefunden mit optischen Hilfsmitteln, mit chemischen Kontrastmitteln oder Reaktionsmitteln und Abformmitteln, Gips oder Silikon. Andere Hilfsmittel sind Klebeband, Folien, Mikrostaubsauger, um Kleinstteile zur Laborbestimmung zu finden, des Weiteren Metallsuchgeräte oder Geruchsspuren, auf die Hunde trainiert sind. Nach solchen Beweisen suchen sie auch die Wohnung des Tatverdächtigen und seinen Arbeitsplatz ab.

Sie verteilen Spuren- oder Nummernkarten, fotografieren, machen Lageskizzen. Das alles findest Du dann im Bericht wieder, die nennen das ‚Legende‘, ergänzt durch Temperaturangaben, evtl. Aggregatzustände und Gerüche; na ja, dann kommt noch Name, Dienstgrad, Dienststelle und ein ‚Nordpfeil‘ dazu. Der Rest ist dann verpackt in Spezialtütchen, übrigens nie aus Kunststoff. Die Tütchen werden genau markiert und beschriftet. Das geht nach der Aufklärung des Falls in die Asservatenkammer.

Der Nachteil der ‚Heuristischen Methoden‘ ist, dass man ‚Spurlosigkeit‘ nicht beweisen kann, fingierte Spuren oder Trugspuren führen zu falschen Einschätzungen von Tathergängen. Aber die Fortschritte der Wissenschaft sind gewaltig. Die Täter haben bald keine Chance mehr.“

„Keine Sorge,“ sagte der sichtlich beeindruckte Detektiv, „die Täter werden auch pfiffiger. Aber, woher weißt Du das alles?“ „Früher musste ich in kleineren Dienststellen vieles selber machen. So gut wie in Spandau, also in Berlin allgemein, hat man es nicht überall.“ Wolfgang sah nun in Richtung Flur, es tat sich wohl etwas.

Süße Wahrheit, nahe mir

„Na, dann wollen wir uns mal die Gedächtniskünstler vorknöpfen," sagte der Kommissar. „Wieso Gedächtniskünstler?" fragte Barleben irritiert. „Na, Du weißt doch: „Nur wer die Wahrheit sagt, kann sich ein schlechtes Gedächtnis leisten." „Gut gesprochen, Kollege," sagte der von hinten auftauchende Helmer, „Schiller?" „Nein, Theodor Heuss," grinste Wolfgang.

Zuerst wurde Theuerkauff gebracht. Sie hatten sich geeinigt, dass Kommissar Kreidler Elias Theuerkauff vernehmen sollte, Kommissar Helmer Juliane Bredelow. Helmer entnahm der Akte von Theuerkauff ein Foto und Kommissar Kreidler erhielt aus der anderen Akte ein Foto der Frau Bredelow. Als Helmer zum anderen Verhörraum ging, betrat Kommissar Kreidler den, in dem sich schon Theuerkauff und ein Kollege befanden.

„Elias Theuerkauff," las er aus der Akte, nachdem er sich ihm schräg gegenübergesetzt hatte, damit die im Zwischenraum, Barleben und ein Kollege von Helmer, den Verhörten auch beobachten konnten. „Sie studieren Jura?" „Ich bin in einem Urlaubssemester, weil ich meine Wohnung verloren habe." Kreidler ging darauf nicht ein, sondern zog das Bild von Juliane Bredelow aus der Akte und legte es vor dem Verhörten hin. „Kennen Sie die?" Theuerkauff sah darauf, zuckte mit den Schultern und verneinte. „Das wundert mich, denn wir haben in ihrer Wohnung Fingerabdrücke von Ihnen gefunden." Theuerkauff sah gelassen noch einmal auf das Foto. „Mag sein, dass ich in ihrer Wohnung war. Unter Studenten gibt es viele Fêten, da wird man hier und da eingeladen." Kreidler nickte dem wachhabenden Kollegen zu und verließ den Verhörraum. Er ging zum Zwischenraum und sah seinen Kollegen, der gerade begonnen hatte, Frau Bredelow zu verhören. Anders als Theuerkauff benannte sie ihn als den Dealer vom Lausitzer Platz. Helmer gab der wachhabenden Kollegin ein Zeichen, die darauf den Verhörraum verließ. Kreidler ging ihr entgegen. „Sagen Sie dem Kollegen, wir können beginnen." Beide gingen wieder in ihre Verhörräume. Kreidler sah den zu Verhörenden an: „Sie haben mich angelogen. Die Dame, die Sie nicht kennen, hat Sie gerade als Dealer vom Lausitzer Platz erkannt. Ich sage Ihnen, wie es jetzt weitergeht: Wenn Sie weiter beim Lügen bleiben, reicht uns das Geständnis der Frau Bredelow. Ihr Studium können Sie in jedem Falle vergessen. Sie wissen ja, Vorbestrafte können nicht Juristen werden. Da Sie bereits in unserer Akte stehen, ist es soundso fraglich. Aufgrund der Aussage von Frau Bredelow können wir jetzt eine Hausdurchsuchung beantragen. Ihre letzte Chance ist eigentlich, jetzt unsere Ermittlungen zu unterstützen. Also, kennen Sie die Frau?" Er reicht ihm noch einmal das Bild.

Der junge Mann wirkt jetzt deutlich verunsichert. „Sie haben Recht, ich kenne sie vom Lausitzer Platz. Sie war aber nicht beim letzten Termin, den wir vereinbart hatten, was bedeutet, dass ich die Lieferung nicht bezahlt bekommen habe. Mir bringt das große Probleme, daher habe ich im Internet recherchiert, wo ich sie finde." „Über eine Bildsuche, nehme ich an", überlegte der Kommissar laut. „Genau, beim ersten Deal mit ihr hatte ich sie fotografiert. Handys haben ja mehr Pixel als Fotoapparate." ‚Na ja, das kommt auf die Qualität an', dachte der Kommissar, sagte aber: „So haben Sie ihren Wohnort gefunden?" „Ja," antwortete Theuerkauff, „schon damals bei der ersten Recherche. Ich habe erst vor ihrer Wohnung gewartet, dann kam aber einer, ein älterer Herr, dem sagte ich, sie wäre meine Mutter, die noch bei der Arbeit ist, da hat er mich in die Wohnung gelassen. Da ich kein Geld gefunden habe und sie auch nach Stunden nicht kam, bin ich wieder gegangen." „Und wie erklären Sie sich," fragte der Kommissar, „die Schussspuren in der Wohnung?" „Herr Kommissar, damit habe ich wirklich nichts zu tun, ich habe noch nie eine Waffe besessen. Aber die, von denen ich den Stoff sozusagen zum Großhandelspreis bekomme, denen traue ich das zu. Die fackeln nicht lange. Wenn ich rauskomme, werden die mich sowieso zusammenfalten." „Und wer sind die?" Ich habe vorsichtshalber von einem Mitkommilitonen Fotos machen lassen." Er sprach in sein Handy „Galerie" und scrollte einige Sekunden, dann reichte er dem Kommissar sein Handy. Der nahm es, griff in die Tasche, um ein älteres Prepaid-Modell hervorzuholen und teilte das Foto. Kreidler gab ihm sein Telefon zurück. „Herr Theuerkauf, erstmal tun Ihnen die Leute nichts, da ich Sie hierbehalte. Insgesamt glaube ich Ihnen, aber wir müssen alles prüfen, solange sind Sie unser Gast." Theuerkauf wirkte erleichtert und ging dann nach einem Nicken zum Kollegen mit diesem mit. Er ging zum Zwischenraum und sagte zu Ralf: „Den werden wir wohl nicht wiedersehen, der ist ein Fall für die Drogenfahndung." Der Detektiv nickte.

Der Fall zieht Kreise

„Schnell, Kollegen, mitkommen! Wir warten auf dem Parkplatz." Helmer hatte kurz in den Raum reingeschaut und verschwand sofort wieder. Kreidler und Barleben waren aufgesprungen und folgten ihm.

Am Parkplatz angekommen, winkte ihnen Helmer zu seinem Wagen … mindestens zehn weitere Fahrzeuge waren startbereit. Sie fuhren mit allen Martinshörnern durch die Moritzstraße, überquerten den Markt und fuhren in die Breite Straße. Die Menschen in den Läden waren alle in die nahe Kammerstraße geflohen. Helmer hatte ihnen schon mitgeteilt, dass es um eine Schießerei ginge … jetzt hörten sie die Schüsse, etwa auf der Höhe der Wohnung von Bredelow. Helmer und Kreidler reihten sich ein in die Reihe der anderen schießbereiten Polizisten, die hinter den Fahrzeugen standen. Es wurde nur aus dem Haus geschossen. Weitere Polizisten räumten die Kammerstraße und leiteten die Menschen zum Lindenufer. Helmer beriet sich mit einem anderen Kollegen und sagte dann zu Kreidler: „Es ist keine weitere Person in Gefahr … wir warten auf die taktische Spezialeinheit." Kaum gesagt, hörten sie schon weitere Sirenen. Blitzschnell verteilten sich die SEK-Beamten vor der Haustür und drangen dann in das Haus, scheinbar geschah das Gleiche von der Rückseite aus. Plötzlich hörten die Schüsse auf …

Stille … kaum zwei Minuten später kamen die vom SEK-Team aus der Haustür. Es folgten drei gefesselte Männer. Die Polizisten übernahmen sie. Der Kommissar war verblüfft: „Sechs Minuten und schon ist der ganze Spuk vorbei, sensationell!" Zu Helmer gewandt: „Wie geht es nun für uns weiter?" Helmer sah ihn an: „Staatsschutz, wir sind raus. Es geht hier um Clan-Kriminalität. Der Fall ist als gelöst zu betrachten. Wir werden nach dem Verfahren die Akte bekommen, mit der Sie Ihren Fall schließen können. Ich weiß, dies befriedigt Sie nicht, aber so ist das Leben." Kreidler sah ihn betroffen an, „aber Sie sagen uns doch noch, was Frau Bredelow ausgesagt hat?" „Ihr Kollege hat es doch gehört, aber Sie erhalten den Bericht im Tausch mit Ihrem."

Auf der verkehrsangepassten Rückfahrt war der Kommissar noch ganz überwältigt von dem Einsatz der taktischen Spezialeinheit: „Die waren ja wie damals die GSG 9 in Mogadischu." Barleben sah ihn erstaunt an, „Damals gab es aber tote Täter, so gesehen waren sie besser, aber vergleichbar ist das wirklich nicht. Außerdem sind sie keine Militärs, sondern Polizisten, die Konzepte trainiert haben, wo ungewöhnliche Gewalt ausgeübt wird … wie damals beim Aufstand der schwarzen Bevölkerung 1965 in den USA. Die völlig konzeptlose Polizei stand 35000 gewaltbereiten Menschen gegenüber. Die Nationalgarde konnte innerhalb von 6 Tagen den Aufstand niederschlagen. Die Konsequenz war die Gründung von S.W.A.T.-Teams, Special Weapons and Tactics, damit auch die Polizei entsprechend mit speziellen Waffen und Taktiken reagieren konnte. Im Kampf gegen Terroristen übernahm unsere Polizei das Modell in den Ländern und im Bund. Das SEK ist 1974 geboren."

Der Kommissar stöhnte: „Du bist wirklich ein wandelndes Lexikon. Aber zurück zum Fall. Ich habe noch ein paar Dinge, die liegen mir im Magen, geht es Dir nicht auch so?" Ralf grinste, „könnte da eine Magenspiegelung helfen?" „Quatsch," brummte Kreidler. „Ich will noch einmal Frau Bredelow sprechen. Mir leuchtet ja ein, dass die Clan-Mitglieder ihr Geld haben wollen, aber wieso sollten sie Flaschendreher umbringen … und sich dann noch den Jux mit dem alten Skelett machen? Die wirkten auf mich eher sehr humorlos." Barleben entgegnete: „Er wollte keine Drogen herstellen, da haben sie ihn hingerichtet." „Aber die haben doch ihre Leute und laufende Labore," sagte Kreidler nachdenklich. „Irgendwie fehlt da noch ein Mosaiksteinchen." „Das sehe ich auch so, lass uns Feierabend machen, ich habe eh noch etwas vor." Ralf wollte das Büro verlassen. „Darf man fragen, was noch ansteht?" Wolfgang sah ihn neugierig an. In der Staakener Dorfkirche gibt es eine Ausstellung ‚700 Jahre Staaken', die will ich mir ansehen." Wolfgang wirkte plötzlich gelangweilt, „was habe ich auch erwartet?"

Unangenehme Wahrheiten

Als Ralf im Büro eintraf, war Wolfgang schon da. „Na, gestern noch ein Gläschen Weisheit geschlürft." Ralf ignorierte die Ironie. „Die Geschichte der Luftschiff-werke in Staaken hätte auch Dich interessiert, aber es gab noch viel Anderes. Und alles auf postalischen Belegen, das war schon eine tolle Ausstellung." Wolfgang sah auf. „Eine Briefmarkensammlung habe ich auch noch, wo kann man so etwas noch schätzen lassen?" „Am Südpark trifft sich der Briefmarkenver-ein von Spandau. Das ist einer der aktivsten Vereine Berlins. Die machen auch Schätzungen." Ralf beugte sich über den Schreibtisch von Wolfgang. „Da sind ja schon die Berichte von gestern, gibt es da schon besondere Erkenntnisse?" „Ich habe die gerade erst ausgedruckt, ich sitze immer ungern mit dem Handy in der Hand bei den Verhören, da kann man sich ja gar nicht mehr auf die Reaktionen des Verhörten konzentrieren." Er schob Ralf einige Bögen zu. „Lass uns erst einmal eine Leseviertelstunde einlegen." Konzentrierte Ruhe lag über dem Raum, bis Wolf-gang sie unterbrach. „Ich habe es doch geahnt. Die Kugel von der früheren Schießerei wurde in einer Balkonfuge gefunden. Und siehe da, ein anderes Kaliber. Aber Theuerkauff traue ich das nicht zu. Ich habe noch einmal ein Verhör von Frau Bredelow vorbereiten lassen." „Na, mal sehen," Ralf griff nach der Akte. Sie gingen beide zum Verhörraum. Frau Bredelow war schon gebracht worden. Sie wirkte längst nicht mehr so selbstsicher.

„Frau Bredelow, Sie ahnen sicher, dass Herr Theu-erkauff uns alles erzählt hat, was er weiß. Das lässt uns ahnen, dass Sie uns einiges zu erzählen haben," begann der Kommissar. „Das habe ich doch alles dem Kommissar Helmer erzählt." Barleben reagierte: „Der war nur interessiert an den Drogen. Uns interessiert der Leichnam von Gerland Flaschendreher. Außerdem haben wir Kugeln in ihrer Balkoninnenwand gefunden. Sie können sich denken, dass uns interessiert, was es damit auf sich hat?" „Frau Bredelow," ergänzte Kreidler, „Sie werden einige Jahre im Gefängnis verbringen. Die Aufdeckung des Mordes und ihre Mithilfe ist die einzige Möglichkeit, dem Gericht einen Grund zu nennen, Ihnen eine mildere Strafe zu geben. Sie sollten sich das überlegen."

Barleben, weniger einfühlsam, informierte sie über das gestrige Geschehen in ihrer Wohnung. „Aber das wird wohl der Hauseigner in Ordnung bringen müssen, da Sie vorläufig unser Gast bleiben." Die Verhörte sah ihn erschrocken an. „Sie haben mich erpresst!" Der Kommissar sah auf: „Wer hat sie erpresst?" „Dieser Tehlow, ein Bekannter von meinem Kollegen Friedrich, der muss ihm erzählt haben, dass ich ab und zu Medikamente zur Seite gelegt habe." „Also doch Tehlow und Friedrich, na die haben uns ja schön was vorgemacht," konstatierte Barleben. „Nein, Friedrich glaube ich nicht, Tehlow hatte noch andere Bekannte, die das besorgt haben, was Tehlow mir dann zum Verkauf an den Dealer besorgt hat. Erst gingen die Dopingsachen ganz gut, weil ich einige Männer kenne, die mächtig stolz auf ihre Körper sind … was nützt einem der schönste Körper, wenn irgendwann die Leber nicht mehr mitmacht, ich habe sie oft genug gewarnt. Später habe ich dann den Kontakt zu Theuerkauff bekommen." Kreidler sah sie fragend an: „Tehlow wirkt nicht gerade, als wenn er von den Dingen profitiert?" Sie: „Der ist sicher nur ein kleines Licht, ein alter Säufer, aber er ist rücksichtslos und kann sehr brutal werden." Der Detektiv und der Kommissar sahen sich an … es wirkte als dächten sie dasselbe: ‚Die Akten sagen darüber nichts aus.' Barleben sagte laut, was auch Kreidler dachte: „Man denkt immer, die Großen kommen immer gut weg, aber manchmal sind es auch die Unscheinbaren." „Genau, der hat Friedrich immer - auf Freundschaft machend - ausgefragt, und danach hat er mich erpresst. Tehlow hat mich auch auf Flaschendreher angesetzt und Friedrich zu der Templergeschichte überredet."

Barleben schaute verblüfft. Der Kommissar ließ Frau Bredelow wieder in ihre Zelle bringen. Er sah dann zu Barleben: „Die haben uns ganz schön ausgetrickst. Aber jetzt geht's rund. Nach dem Protokoll beantrage ich Untersuchungshaft."

Vorfreude

Ralf sah Wolfgang an: „Stell Dir vor, wir finden den Mörder, was ja hoffentlich bald geschieht, ob wir dann als Ehrengäste des Bürgermeisters zum Essen eingeladen werden?" Wolfgang sah ihn verblüfft an: „Meinst Du, der bestellt dann eine Pizza für uns?" „Ach, was," sagte Ralf fast ärgerlich, „ich habe gestern eine Urkunde gelesen, da hat der Rat der Stadt Spandau schwer aufgefahren." Er kramte ein Blatt vor: „Hör mal:

Anno 1536 nach der Geburt Christi hat der durchlauchigste Fürst und Herr Joachim der Andere, Markgraf etc. auf dem Sonntag Misericordias domini die Huldigung öffentlich auf dem Kirchhof von dem Rat und der Stadt insgemein in einer Person entgegengenommen.

Und ist nachfolgende Kost durch einen ehrbaren Rat in Auslosung ihren kurfürstlichen Gnaden darauf gewandt worden:

Item II Gulden, 29 Groschen für Hammel und etliche junge Säuger,

XX Gulden VIII Groschen für Ochsen,

VI Gulden VIII Groschen IIII Pfennige für Kälber,

II Gulden XX Groschen für Hühner,

II Gulden XVIII Groschen für Eier,

II Gulden XV Groschen III Pf. für Fische,

VI Gl. VI Gr. für XVIII Scheffel Weizen, II Wispel Roggen,   VII Gl. für das Backen gerechnet,

XVIII Groschen für Kohlen,

V Groschen für Lichte,

XXVIII Gr. für Äpfel und Birnen,

V Gr. für Salat,

XX Gr. für Essig,

X Gl. Für I Legel Malwasier (span. Wein),

XII Gl. für IIII Tonnen weißen Wein,

IX Gl. für IIII Tonnen roten Wein

V Gl. für VIII Tonnen Wartenberger Bier,

IX Gl. XVIII Gr. für XII Tonnen Bernauer Bier,

X Gl. für zwei Fass Braunschweiger Mumme (Leichtbier),

LXXXII Gl. XIIII Gr. für das Credenz, so kurfürstl. Gnaden eingeschenkt,

V Gr. Fuhrlohn davon gegeben,

III Gl. XXVII Gr. 2 Pf. Auslosung,

V Gl. den Lehenbrief aus der Kanzlei,

XXX Gl. für die Bestätigung der Privilegien,

III Gl. Saldern, dem Türknecht (Saldern = preuß. General),   XXIIII Gr. für zwei Scheffel Salz,

XLV Gr. für Gläser,

VIII Gr. für Milch,

XIIII Gr. für Petersilie und Bollen (knollige Zwiebel),

II Gl. für ein Schwein,

I Gl. für eine Speckseite,

IIII Gl. XI Gr. der Zöllner auf des Küchenmeisters und des Kochs Forderung für mancherlei Ausgaben,

XVIII Gr. für ein Ohm Butter,

XXX Gr. für einen Topf Butter,

I Gl. Thomas Tischler, Brücke zu machen,

XXII Gr. Brosen Ostwald, Schlächterlohn,

XVI Gr. dem Richter für Muscatblumen,

V Gl. dem Küchenmeister und den Köchen,

II Gl. in den Keller,

I Gl. dem Trompeter,

I Gl. dem Futtermarschall,

I Gl. dem Brotträger,

Gesamtkosten der Huldigung: CCLIX Gulden, II Groschen, II Pfennige

(Der Hafer wurde vergessen)"

„Ja," sagte Wolfgang, „wir sind leider keine Kurfürsten … wieso eigentlich ‚Joachim der andere'?" Ralf entgegnete: „Joachim I. gab es und der II. war der ‚Andere', der, der die Reformation in Brandenburg eingeführt hat." „Und wieviel sind 259 Gulden, was das Gastmahl gekostet hat?" „Rechne es mal 10 in Euro." Wolfgang dachte kurz nach: Mit Hafer rund 3000 Euro, das nenne ich ein Gastmahl nach meinem Gusto, mit Trompetenmusik und allem pipapo … ich dachte immer, die haben in Taler gerechnet?" „Zu der Zeit noch nicht, Taler wurden erst 1566 die Reichswährung, vorher war es der Gulden, also der 240. Pfennig, der war der Goldene. Sprich ein Gulden hatte 240 Pfennige. Diese Rechnung ist ja von 1536. – Das Gastmahl würde heute wohl 30000,- Euro kosten."

Wolfgang sah ihn an, „Du liest so was jeden Abend oder?" Ralf konterte: „Was machst Du denn, Briefmarken sammeln, denn mit Numismatik kennst Du Dich ja nicht aus." „Nein," bestätigte Wolfgang, „ich höre gern gute Musik und sehe mir interessante Filme an. Aber was geht es Dich an, fällt alles unter Datenschutz. Es wartet wieder Arbeit auf uns, ich habe uns nämlich Ekkehard Tehlow holen lassen."

Ein neuer Blick auf alte Kunden

Sie gingen zum Verhörraum und fanden den Mann vor wie bestellt. Der Kommissar und Barleben setzten sich. Der Kommissar zu Barleben gewandt: „Warum machen wir uns eigentlich die Mühe, der erzählt doch sowieso nur Lügen." Der Detektiv sah in die Akten, „Stimmt, aber mit jeder Lüge erhöht er sein Strafmaß, Du weißt doch wie Richter reagieren, wenn sie so etwas in den Protokollen lesen." „Na, genug hat er ja schon auf dem Kerbholz, erst kannte er Friedrich nicht, dann doch … bei der Bredelow wird es genauso sein, dabei hat die solch ein Schiss vor dem, dass sie ihn gut kennen muss. Angst hat man nur, wenn man einen zu gut kennt." „Stimmt," kommentierte der Barleben das Gehörte, „mit Rauschgift hatte er natürlich auch noch nie zu tun, obwohl ja Alkohol reicht, um so vernichtet auszusehen wie Tehlow." „Wenn das noch hinzukommt, sieht der seine Kinder soundso nicht wieder." Barleben sah in die Akten: „Der ist doch geschieden, die sieht er doch soundso nie wieder … hat er das nicht damals auch gesagt?"

Tehlow mischte sich ein: „Dürfte ich fragen, für was ich hier bin, ich bin doch sowieso an allem schuld. Ich habe auch Putin überredet, die Ukrainer zu überfallen und Trump zum Präsidenten gemacht." Der Kommissar wandte sich ihm zu: „Jetzt werden Sie mal nicht komisch. Juliane Bredelow hat eh schon alles gestanden." „Die Kuh denkt doch, sie kann jeden um den Finger wickeln wie Friedrich und den Flaschendreher. Die braucht eine harte Hand, dann spurt sie auch. Sie hätten mal sehen, wie zahm die werden konnte." Barleben reagierte empört: „Erst mal ist sie eine Frau und keine Kuh, zum Zweiten gehören Schläger soundso in den Knast … war das mit ihrer Frau genauso? Hat die auch nicht gespurt?" Nun war Tehlow empört: „Das ist privat und geht Sie gar nichts an. Und die Bredelow hätten Sie mal erleben sollen, wie wichtig die sich vorkam. Uns hat die doch nur als Kulis betrachtet, die natürlich zu machen haben, was sie wollte, dabei habe ich die Kontakte.

Die wollte uns vorschreiben, wieviel wir kriegen sollten, dabei hätte ich das bestimmen müssen. Ohne
mich hätte die nicht mal genug Kunden für ihre Steroide, obwohl sie immer damit prahlte, so viele Mus-
kelprotze zu vernaschen. Aber viele haben ihr auch
gesagt, Muskeln bekommt man auch vom Training
und haben sie stehen lassen. Die wollte immer nur
Geld, aber ihre Kontakte waren nichts wert. Das hat
sie erst begriffen, als ich ihr eine geklatscht habe. Da
hat sie plötzlich gespurt." Der Kommissar nickte
Barleben zu. „Notiere das für das Protokoll." Zu Tehlow gewandt, sagte er: „Uns interessiert Flaschendreher. Was hat er sich zu Schulden kommen lassen?" „Zu Schulden … die Bredelow hat erzählt, dass
er als Student Drogen gemacht hat, der war Pillen-
dreher, die können doch so etwas, aber überreden
konnte sie ihn nicht." „Das heißt, die Erpressung hat
nicht funktioniert," sagte der Kommissar. „Erpressung, so ein großes Wort. Das Problem, ich hatte
meine Jungs schon heiß gemacht, die waren nun
sauer über das entgangene Geschäft." „Genau über
‚Ihre Jungs' würde ich gern etwas erfahren." Tehlow
nahm plötzlich sichtbar eine passive Haltung ein. Der
Kommissar nickte nun Krüger, dem Polizisten zu, der
auf Tehlow zuging und ihn bat, ihm zu folgen.
Er sah darauf Barleben an und sagte dann aber
nichts über Tehlow, wie der Detektiv erwartet hatte,
sondern: „Danke, gut analysiert, Du bist sofort
eingestiegen." Ralf: „Als Du dich von ihm abgewen-
det und über ihn gesprochen hast, war es mir sofort
klar, ‚Aversives Zuhören', eine Strategie, mit welcher
man bei dem zu Verhörenden den Eindruck erweckt,

es sei für die Ermittler schon alle klar und man würde sich die langweilige Routine gern ersparen." „Und," sagte Wolfgang, „es hat doch funktioniert, er hat sich rechtfertigt und mehr Informationen preisgegeben, als wir bisher hatten." „Stimmt," bestätigte Ralf, „obwohl ich ja dachte, als er mit Putin und Trump anfing, er hätte uns durchschaut ... auf der anderen Seite habe ich ihm das nicht zugetraut, dass durchschauen doch nur Anwälte." „Ihm habe ich das auch nicht zugetraut, aber es war eine kritische Situation," bestätigte Wolfgang, „aber letztlich haben wir bekommen, was wir brauchten." „Brauchen wir noch Friedrich und Frau Bredelow?" „Eigentlich nicht, aber mit dem bestehenden Material überlassen wir sie dem Haftrichter. Nur Tehlow müssen wir noch einmal verhören, aber erst sprechen wir noch mal in der Löwenapotheke und bei dem Sanitätsunternehmen vor." Ralf nickte bestätigend.

Lügner gab es immer.

Wieder im Büro sagte Wolfgang: „Ich kann es gar nicht begreifen, dass Tehlow uns so angelogen hat. Wir haben ihn doch damals wirklich für harmlos gehalten." „Ach," entgegnete Ralf, Lügner gab es doch immer ... im täglichen Leben wie in der Geschichte der hohen Herren. Von Trump will ich gar nicht reden, Fake-News ist doch sein zweiter Vorname, aber denke doch mal an George W. Bush, wie der den Irak-Krieg angezettelt hat. Selbst hier in Spandau gab es solche. Ich denke da an einen Kommandanten der Burg, Isaak de Plessis. Er ließ Bürger verjagen und kaufte dann deren Haus, wie das Frizesche Haus; auf der anderen Seite spendete er der Kirche, ja ließ den Reformierten sogar eine Kirche und ein Pfarrhaus bauen, obwohl da nicht sicher ist, ob er nur den Rat der Stadt ärgern wollte, die alle lutherisch waren. Sein Oberhauptmann starb daran, dass eine Kanone auf die Scheibe seiner Wohnung abgeschossen wurde ... für die Waffen war er ja als Kommandant zuständig, vielleicht hatte er selbst auf den Posten spekuliert, den aber Adolph von Götz erhielt. Der wiederum war auf Geheiß des Kurfürsten ständig hinter den Schweden her. So hatte er freie Hand und ließ 1675, weil angeblich die Schweden Spandau angreifen wollten, die Vorstadt anstecken und abbrennen. Das Leid der Menschen dort kann man sich vorstellen vor allem schadete er aber dem Rat der Stadt Spandau, weil der die Rats-Meierei und die Schäferei verlor und die Kirche die Prediger-Gärten. Sein Haus, dass er den Frizens für 20 Taler jährlich abgepresst hatte, verkaufte er für 800 Taler an Hans Christoph von Bredow. Zum Glück ging er als Kommandant nach Magdeburg, wo er ständig mit den sächsischen Truppen zu kämpfen hatte und Halle, die Moritzburg und das Schloss Mansfeld besetzte, bis er 1688 starb. Mit ihm hatte diese Welt einen bösen Menschen weniger."

Wolfgang wendete ein: „Es gab doch sicher auch gerechte Burgherren." Ralf sah ihn an. „Sicher, aber vielen stieg auch die Macht zu Kopf. Immer wieder hatte der Rat und die Bürger Spandaus lange Prozesse laufen, obwohl der Kurfürst eh meistens auf Seiten seiner Generäle stand. Aber ja, manche

120

sahen es auch so, dass das Militär das Volk zu schützen hat, auch vor eigener Willkür. Aber es war wie heute mit den Politikern. Viele sind schlitzohrige Juristen, für die das Wohl des Volkes hinter dem eigenen Wohl zurücksteht. Aber es gibt auch wenige andere." „Na hör mal, Ralf," pruste Wolfgang los, „Du wirst doch auch vom Steuerzahler bezahlt." „Mit meinem Dienst schütze ich den Steuerzahler aber auch vor den Bösen. Aber mancher wird vom Steuerzahler bezahlt und ist der Böse." „Jetzt ist aber gut," Wolfgang stand auf, „komme lass uns etwas essen."

Eine neue Spur

Nach dem Essen machten sich Kreidler und Barleben auf zum Sanitätshaus. Schon vom weitem sahen sie den Leiter des Hauses, Dirk Loell, der seinen Leuten ein Fahrzeug zeigte. Als der Unternehmer sie sah, ging er auf sie zu: „Hallo, die Herren Kommissare, ich hoffe, Sie holen mir nicht noch mehr Personal weg!" „Keine Sorge, wir sind nur wegen eines kurzen Gespräches hier." Loell winkte, ihnen zu, ihm zu folgen."
Im Büro goss der Gastgeber ihnen je ein Glas Wasser ein und begann: „Was genau werfen Sie meinen Mitarbeiter*innen eigentlich vor?" Der Kommissar druckste erst, aber der Detektiv sagte gerade heraus: „Wir können natürlich dem Gericht nicht vorgreifen, aber beide sind in illegalen Handel mit Medikamenten bzw. Steroiden verwickelt. Für Ihre Firma sind die wohl nicht mehr tragbar." Loell seufzte: „Von

Frau Bredelow habe ich gehört, dass sie in Untersuchungshaft ist. Herr Friedrich hat mir einiges erzählt. Ich musste ihn aus der Schicht nehmen, denn der Bezirk Spandau ist ein wichtiger Auftraggeber für mich, da kann ich mir solche unsicheren Kandidaten nicht leisten. Bei Frau Bredelow wusste ich ja von Vorbehalten, aber ich hatte bisher den Eindruck, dass sie die Chance genutzt hat, schade um sie … sie war eine sehr umsichtige Mitarbeiterin." „Sie haben alles richtiggemacht," sagte der Kommissar, „für Friedrich sehe ich allerdings noch eine Chance, aber Sie haben richtig reagiert. Das Gericht wird letztlich alles prüfen." „Apropos prüfen," Loell nahm einen Ordner vor, „wir haben keinerlei Verlust an Medikamenten zu verzeichnen. Die Sanitäter müssen immer mal was ausgeben, aber alles ist in den Berichten genau verzeichnet." Der Kommissar nickte, „Frau Bredelow wirkte auch so, als wenn sie Sie sehr schätzt, Ihre Firma hat sie wohl völlig rausgehalten aus ihren sonstigen Machenschaften. Sie hat Sie wohl auch ein wenig bewundert, dass Sie alles in Ihrer Firma so nachhaltig machen: Solar im Hof, wo Sie ihre E-Autos laden und auf dem Dach, um das Haus zu einem Null-Energie-Haus machen." Ihr Gastgeber wirkte ein wenig stolz. „Wir haben natürlich auch ein besonderes Klima unter den Mitarbeiter*innen. All das ermutigt auch den Bezirk, uns die Treue zu halten, darum muss ich auch bei Fehlverhalten eindeutig reagieren, denn ist das Vertrauen einmal hin, würden wir alle den Schaden tragen." „Herr Loell," Barleben stand inzwischen am Fenster, „ich dachte immer E-Autos laufen völlig geräuschlos?" „Na, ganz nicht," Loell trat auch ans Fenster. „Die Reifen machen natürlich Geräusche. Aber es gibt auch einen Lautsprecher im Auto, der simuliert ein Fahrgeräusch im normal erträglichen Dezibel-Bereich, sonst würde es Unfälle geben, weil man die Autos nicht kommen hört. Die Lautsprecher schalten aber automatisch ab, wenn das Martinshorn eingeschaltet wird." Der Kommissar, der sich erinnerte, das schon einmal gehört zu haben, kam zu den beiden: „Eine Frage noch, von Kontakten der beiden, die Ihnen irgendwie seltsam vorkamen, haben Sie nichts zu erzählen?" „Leider, nein, aber ich werde darüber noch einmal nachdenken." Schon während der Beantwortung der Frage gab ihm der Kommissar seine Karte und verließ mit Barleben das Haus.

Draußen sagte der Kommissar: „Lass uns noch einmal zur Löwen-Apotheke gehen, wir müssen denen auch sagen, dass mit dem jungen Arzt alles legal gelaufen ist, wir wollen doch nicht, dass sich Gerüchte festsetzen."

„Ach, damit kennen die Spandauer sich aus. Hier hättest Du im 30-jährigen Krieg mal nach Adam von Schwarzenberg fragen sollen. Einst Minister und Freund und Ratgeber des Kaisers, als katholisch, war er um 1641 noch kurfürstlicher Statthalter in Spandau. Auch in Berlin hatte er großen Einfluss. Durch ganz Berlin fuhren seine ,Pfandwagen'. Er war der kreativste Steuererfinder, der für den Großen Kurfürsten nach seinem Amtsantritt alle abkassierte.

Aber seine Pfandwagen mit ihrem ‚Kometenschweif‘, das waren hunderte händeringender Frauen und jammernder Kinder, denen Hab und Gut und der Ernährer genommen worden waren. Kein Mensch erlebte so viel Verwünschungen und Flüche wie dieser Mensch. Einmal hatte er den Kriegsrat von Zastrow in Spandau zu Gast. Der geriet beim Tafeln mit dem Kammerjunker von Lehndorff in Streit und gab dem jungen Offizier eine Ohrfeige. Vom Stolz übermannt, stach der mit dem Degen zu … und floh … mit Hilfe seines Herrn.

Drei Monate später erlitt Schwarzenberg einen Schlagfluss, einer Art Schlaganfall mit Lähmungserscheinungen und den Verlust von Körperflüssigkeiten.

Da er in Berlin so verhasst war, glaubten viele an Mord. Selbst der Kurfürst sah in ihm einen katholischen Spitzel des Kaisers. Hier in Spandau wurde er aber ordentlich begraben … in der Nikolaikirche … und er war wohl der einzige Katholik, der dort nach der Reformation beerdigt worden ist. Nach einer Beschädigung des Begräbnisses sah man nach dem Rechten und fand den Kopf abgerissen. Seitdem geht das Gerücht um, er sei in Wirklichkeit hingerichtet worden, was in Berlin schon lange kursierte, aber da war wohl mehr der unfromme Wunsch der Vater des Gedankens.“

Kaum fünf Schritte gelaufen, kamen sie an einem alten, aber frisch saniertem Haus vorbei. „Das gotische Haus …“. Wolfgang bremste ihn gleich: „Nicht noch einen Vortrag.“ Ralf lachte, „braucht es nicht, es steht alles an der Tafel. Aber die alte

Stadtansicht ist Deine Aufmerksamkeit wert." „Beim nächsten Spaziergang denke ich dran."

Stadtansicht vor dem Gotischen Haus

… Und schon waren sie an der Löwenapotheke. Als sie hineingingen, ging gerade eine Kundin. „Hallo, die Herren Kommissare, benötigen Sie ein Medikament?", „Hallo," antwortete der Kommissar, „eine Auskunft wäre mir lieber." Er zog Bilder von Bredelow, Friedrich und Tehlow aus der Tasche. „Kennen Sie eine der Personen?", Die Apothekerin sah auf die Bilder, „die Sanitäterin, während eines Einsatzes hat sie manchmal hier angehalten und die Fahrzeugbestände aufgefüllt, meist hatte die Herr Loell schon vorbestellt, oder eigentlich immer." „Und die Herren?" fragte der Kommissar. „Ja, … einmal war er da … und merkwürdiger Weise auch einige Obdachlose, die waren aber vor der Apotheke." Der Kommissar steckte die Bilder ein und informierte die Apothekerin bezüglich Flaschendreher: „Herr Flaschendreher hat übrigens, soweit wir wissen, nichts Ungesetzliches getan, sie müssen sich also wegen des Rufs Ihrer Apotheke keine Sorgen machen. Also, alles Gute." Die Männer verließen die Apotheke.

„Das sind seine Jungs," der Kreidler dachte an Tehlows Aussage ‚Erpressung, so ein großes Wort. Das Problem, ich hatte meine Jungs schon heiß gemacht, die waren nun sauer über das entgangene Geschäft.'

„Der hat irgendwie Leute von der Obdachlosenhilfe im Griff." Barleben ergänzte: „Im Sommer sind die ja nur zum Essen in der Falkenhagener Straße, bzw. in der Falkenseer Chaussee, dort sind die drei Häuser für Obdachlose und Haftentlassene. Im Sommer schlafen die lieber in Parks oder an der Havel. Einige kenne ich, da ich manchmal Nachtschichten übernommen habe, damit es im Haus ruhig bleibt." Wolfgang staunte: „Du hast dort bei nächtlichen Prügeleien mitgemischt?" Barleben verdrehte die Augen: „So etwas stellen sich alle vor. Nein, ich habe Betrunkene erst gar nicht reingelassen, darum blieb es fast immer ruhig. Meist ging es nur um verbale Auseinandersetzungen. Die Drohung mit Rausschmiss funktioniert aber meist. Es gab aber immer eine unterschwellige Spannung, weil alle ihre paar Habseligkeiten misstrauisch behüten, aber meine Hilfe wird nur im Winter angefordert, im Sommer reichen die kommunal angestellten Leute."

„Was Du alles erlebt hast. Aber dann müsstest Du doch einige kennen? Ließe sich da etwas erfahren?" „Ich kann mal rumfragen."

Sie wollten gerade in die Moritzstraße gehen, als der Detektiv Pfarrer Straubing sah. Barleben wie Wolfgang zu ihm hin. „Johannes Straubing, der Pfarrer, der weiß doch gewiss mehr über die Obdachlosenhilfe in Spandau. Schließlich ist diakonisches Handeln ja sein größtes Anliegen." „Meint das nicht, dass er seine älteren Gemeindeglieder besucht?" „Mann, Wolfgang," Ralf stöhnte, „Diakonie ist ein weites Feld. Besuchsdienst ist nur ein Teil, aber Obdachlosenhilfe neben anderen Dingen wie Jugendhilfe, die in sozialen Netzwerken besprochen werden, gehören dazu."

„Grüß Gott, meine Herren", Pfarrer Straubing hatte sie auch gesehen. „Tag, Herr Pfarrer, Sie sehen so aus, als suchten Sie uns." Pfarrer Straubing nickte, „ich hätte sie angerufen, aber da ich Ihnen nun begegne ...". „Und?" der Kommissar sah ihn fragen an.

Wir haben hier in Spandau ein soziales Netzwerk, das heißt, wir begegnen einander, um miteinander zu besprechen, wer wo am besten helfen kann. Deswegen habe ich auch Kontakte zum ‚Café Hazetha', wo sich viele Obdachlosen treffen. Gestern war ich mal wieder da und musste hören, dass einige Obdachlose durch einen gewissen Ecki gewalttätig zu Dingen gezwungen werden, die sie sonst nicht machen würden." Der Kommissar sah ihn an und fragte: „Dieser Ecki schlägt sie, um sie zu Morden zu zwingen?" „Nicht zu Morden, aber sie sollen an bestimmten Stellen auftauchen und lärmen ... machen sie es, gibt er ihnen Bier, weigern sie sich, gibt es Schläge." Barleben sagte zum Kommissar, „Ich glaube, so einen ‚Ecki' haben wir in Verwahrung." Der Kommissar nickte ihm zu und sah dann den Pfarrer an: „Würde das eins Ihrer Schäfchen bezeugen?" „Es sind keine ‚Schäfchen', und es hat mir auch niemand konkret gesagt, denn dann fiele es unter die Schweigepflicht, Sie wissen ja, ‚seelsorgerliche Schweigepflicht'. Aber ja, die meisten würden sicher für ein wenig Alkohol so ein Gerücht bestätigen, aber einer ist dabei, der sagt Ihnen, was er weiß. Er war früher ein guter Anwalt, aber seit seine Frau gestorben ist, lebt er auf der Straße. Ich glaube, er hat sogar eine Wohnung, geht aber wegen der Erinnerungen nicht einmal in die Straße. Fragen Sie nach den ‚Grafen', er hat wohl ein ‚von' im Namen, den kennt aber keiner. Aber dem sagen alle ihren Kummer, wenn einer was weiß, dann er." „Hat der nicht auch eine Schweigepflicht?" Pfarrer Straubing schüttelte den Kopf, „Er arbeitet nicht mehr als Anwalt seit er auf der Straße lebt, aber er hat allein durch seine Ratschläge schon manchem zu einer Wohnung verholfen."

„Danke, Herr Pfarrer, Falkenhagener 28 war das?" sagte Barleben. „Genau," der Pfarrer grüßte mit der Hand und ging Richtung Nikolaikirche.

„Was macht dieses Land eigentlich, wenn es keine Kirche mehr gibt, wer soll dann die riesigen Mengen an Ehrenamtlichen aktivieren." Kreidler sah ihn an, „Bist Du denn in der Kirche?" Barleben schüttelte den Kopf. „Ich schließ mich keinem Verein mehr an." Wolfgang sah ihn verblüfft an: „Du kennst doch aber all die Pfarrer in Spandau, so hatte ich bisher den Eindruck." „Stimmt," bestätigte Ralf, aber helfen kann man trotzdem. Ich höre mir keine Predigten an, aber ich schätze die christlichen Werte, darum helfe ich." ‚Komischer Vogel', dachte Kreidler, sagte aber: „Ich bin in der Kirche. Und ich finde, dass Predigten einem so eine Art Selbstvergewisserung geben, ob man ein gutes Leben führt, also im qualitativen Sinne ein gutes Leben." Barleben nickte; „genau darum helfe ich gern in christlichen Gemeinden, da erfahre ich genau das." „Aber der Gottesdienst schließt immer mit dem Segen, das ist wie die Versicherung, dass die Woche gut verläuft." „Und verläuft sie immer gut." Barleben schien auf eine Antwort zu warten, die aber nicht sofort kam. „Mal gut, mal weniger gut," sagte schließlich Wolfgang nach kurzer Pause. „So ist es bei mir auch," antwortete Ralf. „Gut, lassen wir das, jeder wird nach seiner Fasson glücklich, … aber was ich nie begreife, dass ein so reiches Land so viel Obdachlose hat … müssten nicht auch Leute im Bundestag obdachlos sein?" Ralf sah ihn verblüfft an. „Eine solche Sozialkritik hätte ich von Dir gar nicht erwartet. Aber glaube mir, der erste Tag im Bundestag wäre der letzte Tag der Obdachlosigkeit. So einer hätte bald ganz andere lobbyistische Interessen. Nichtsdestotrotz tun Politiker ja manches für Obdachlose. Man muss ja nicht krank sein, um Kranken helfen zu können. Nach dem Krieg gegen Frankreich wurde z.B. die Pichelsdorfer Straße wegen der Wohnungslosigkeit vieler mit Wohnungen bebaut, damals war es noch der Pichelsdorfer Weg, unbegradigt und ungepflastert. Angesichts des Wachstums der Stadt von 4000 auf über 20.000 Einwohner, hat es nicht ausgereicht, aber sie haben etwas getan."

Sie kamen am Polizeirevier an. „Das mit dem ‚Grafen' hebe ich mir noch für den Notfall auf, lass uns ‚Ecki den Grausamen' noch einmal befragen. Ralf nickte bestätigend. „Jetzt braucht es keine Taktik mehr. Ich glaube, ich weiß jetzt mehr über ihn, als seine Mutter." „Wissen ist ein großes Wort, aber meine Ahnungen lassen viele Bilder in meinem Kopf entstehen. Ich glaube, er ist jetzt fällig … und wir auf der Zielgeraden." Der Kommissar griff im Büro sofort zum Telefon.

Die Zielkurve verändert die Blickrichtung

„Eckhardt Tehlow, genannt Ecki" Tehlow sah den Kommissar überrascht an. „Sie reden von den Pennern, die lügen doch für ein Bier." „Und morden die auch für ein Bier?" mischte sich Barleben ein. „Mord, die taugen doch zu nichts," sagte Tehlow verächtlich. „Für irgendetwas haben sie ja doch getaugt, warum hätten Sie denen sonst Biere spendiert, oder sie auch mit Schlägen bestraft? Schon deshalb werden sie für einen von diesen armen Würstchen für eine Weile ihre Wohnung zur Verfügung stellen. Sie wissen ja wahrscheinlich, was Nötigung und erpresserische Gewaltanwendung für Folgen haben kann. Aber darum wird sich der Richter kümmern, Mich kümmert nur, weshalb es zu einem Mord kommen musste." Der Kommissar blätterte sichtlich gelangweilt, erwartend, wieder irgendeine neue Version zu hören, in den Akten auf dem Tisch.

„Schauen Sie, Tehlow, Sie hatten doch einen Auftraggeber, denn in keinem Ihrer Fälle haben Sie aus eigenem Antrieb gehandelt. Immer hat jemand Ihnen Geld versprochen. Immer hat die Polizei das auch rausbekommen. Glauben Sie, das wird jetzt anders sein. Reden Sie, dann haben Sie nur die Sache wegen des Umgangs mit den Obdachlosen am Hals … oder schweigen Sie, dann sitzen Sie lange und Ihr Auftraggeber kommt ungestraft aus der Geschichte."

Tehlow druckste herum und sagte schließlich: „Es ging eigentlich nicht um den jungen Apotheker. Ja, wir wollten ihn erpressen, weil die schöne Juliane Friedrich erzählt hatte, er habe als Student Drogen hergestellt. Aber die lügt sowieso immer, deshalb habe ich ihr auch eine geschoben. Dadurch habe ich erst mitbekommen, dass sie selbst Drogen verticken will und wohl auch vertickt hat. Mein Auftrag war eigentlich, Bambule vor den Apotheken zu machen, damit keiner mehr reingeht. Dazu habe ich die Penner gezwungen." Kreidler sah ihn erstaunt an, „Wozu soll das führen?" „Diese Giftmischer betrügen doch soundso alle die Krankenkassen, kaufen billig in China ein und lassen Kassen und Patienten schwer löhnen, wie ja auch die Pharmaindustrie, die inzwischen Arztpraxen aufkaufen, oder auch die Zahnärzte, die alle Ersatzteile für wenig Geld auch aus China bestellen und die Patienten müssen Preise zahlen, als kauften sie einen Kleinwagen."

„Wer hat Ihnen denn all die Verschwörungstheorien eingeimpft?" Der Kommissar wirkte amüsiert, was Tehlow zu ärgern schien: „Warten Sie, bis mal Zahnersatz brauchen. Und was glauben Sie, wer verschreibungspflichtige Mittel als Schlankmacher veräußert: Ärzte und Apotheker. Und die Geschichte mit den Krebstherapien, die waren doch in den Nachrichten. Über dreihundert Apotheker haben da mitgemischt."

Barleben mischte sich ein: „In Deutschland gibt es 53300 Apotheker. In den Nachrichten haben Sie von 330 Apothekern gesprochen." Sein Gegenüber konterte: „330 waren es, die die Krebstherapie hergestellt haben, und alle haben weit überhöhte Preise genommen."

„Genug Statistik, ich will wissen, wer den Auftrag gegeben hat?" platzte Kreidler in die Diskussion. Und noch einmal mit Nachdruck: „Wer ist der Auftraggeber?"

„War …" sagte Tehlow leise. „Dieser Flaschendreher. Er wollte die Apotheke übernehmen, wenn seine Chefin nicht mehr zurechtkommt, um dann das große Geschäft zu machen. Er hat immer gesagt, die hiesigen Apotheker seien zu provinziell, um die Chancen zu nutzen, die sich böten. Aber naja, … dann hat er sich mit diesen Drogenheinis aus Berlin eingelassen. Die Bredelow hatte sie auf seine Spur gesetzt. Der wollte aber legal reich werden, da haben sie ihn erledigt."

„Also haben Sie deshalb Frau Bredelow geschlagen?" Tehlow wirkte aufgebracht: „Die hat mir doch meine Tour vermiest, alles war umsonst, jetzt habe ich nicht mal mehr Geld für die Miete."

„Die Sorge brauchen Sie sich demnächst wohl nicht mehr machen." Der Kommissar nickte dem Kollegen zu.

„Irgendwie ist Spandau schon noch etwas Anderes als Berlin. Ich würde mir wünschen, die Apotheker hier denken an die Kunden, die sie oft jahrelang kennen." Barleben grinste: „Du meintest bestimmt auch die Apothekerinnen und Kundinnen, oder?"

„Berichte schreiben," bellte der Kommissar, „die gehen an die Drogenfahndung."

„Vorsicht," Barleben zeigte drohend mit dem Zeigefinger, in Spandau ist schon mal ein Kommissar Luft beim Verhör erschlagen worden. Bei Spandauern sollte man immer vorsichtig sein."

Kreidler sah ihn verblüfft an, „Tatsächlich?"

Barleben lachte: „Tatsächlich! Am 7.April 1820. Er war aber inzwischen aufgestiegen zum Zuchthausdirektor, was jetzt aber nicht wirklich einen Unterschied macht … letztendlich, meine ich."

„Die Berichte, auf, auf!"

„Wir müssen auch noch zum Bürgermeister."

„Der bekommt auch nur einen Bericht. Immerhin gibt es ein Ergebnis."

Ralf sah in skeptisch an: „Ohne Mörder?"

„Die von der Drogenfahndung schicken uns ihren Kandidaten." Wolfgang grinste, „wir kriegen den Mörder sozusagen serviert."

Ralf: „Und was macht Dich so sicher?"

Wolfgang blätterte in einem Ordner, dann las er betont langsam: „Genetische Spuren auf der Kleidung des Mörders." Er sah auf. „Der Mann läuft zwar im Anzug rum, trägt den aber schon seit einer Woche." Ralf sah ihn erstaunt an. „Ich würde auch nur Hemd, Unterwäsche und Socken wechseln. Den Anzug würde ich alle paar Wochen zur Reinigung bringen." Wolfgang wirkte, als sähe er ein Gespenst. „Alle paar Wochen heißt wahrscheinlich alle sechs Wochen bis zwei Monate, oder?" Ralf nickte. Wolfgang schüttelte den Kopf: „Meine Frau, würde wohl sagen: ‚Typisch Mann', zum Glück gibt es Männer wir mich, die gepflegt sein wollen und in einer aufge- räumten Wohnung leben wollen." „Na ja", sagte Ralf verlegen, „wenn mich einer besuchen will, muss ich auch erst aufräumen. Aber wer kommt schon zu mir?"

„Ok, keine weiteren Outings," grinste Wolfgang, „sonst erzählst Du mir noch, dass Du gerne Frauen- kleider trägst." „Nö", grinste jetzt auch Ralf, „ich steh mehr auf Uniformen." Wolfgang schüttelte wieder den Kopf, … da ging die Tür auf, ein Polizist schaute rein: „Der gewünschte Besuch ist da!" „Ein Moment noch!" und zu Ralf gewandt: „Glaubst Du die Ge- schichte, dass Flaschendreher, den Tehlow mit den Obdachlosen zum Schaden der Apotheke beauftragt hat?" Der überlegte. „Ich kann es mir eigentlich nicht vorstellen, das wäre doch schiere Dummheit. Wenn der Gewinn nicht mehr Miete und Ihre Kosten trägt, hätte sie ihn doch zuerst entlassen, um Kosten zu sparen. So dumm kann doch keiner sein, der studiert hat. Ich halte das für abwegig. Irgendwie ist es eine ganz eigene Geschichte von Tehlow … wir schreiben es ins Protokoll, dann wird das Gericht es klären können." „So machen wir es," bestätigte der Kommissar.

Endlich Klarheit

Ein junger, angesichts der verheißenen seltenen Anzugwäsche, wohlriechender Mann zwischen 25 und 30 J. setzte sich ihnen gegenüber, … der, den er schon bei Theuerkauff auf dem Handy gesehen hatte. Der Polizeikollege blieb am Eingang des Büros stehen, nachdem er ihm eine Akte überreicht hatte.
Der Detektiv erinnerte sich an die Worte dieses ‚Kutte': „… eh'r so pinkelfeine Leute." Er sah den jungen Mann, offenbar arabischer Abstammung an, ‚den könnte er meinen', dachte er bei sich.
„Mehmed Habibi", las der Kommissar. „Nicht Ihrer." Der Kommissar sah erstaunt auf. Der junge Mann: „Habibi heißt mein Freund. Diese Ehre kann ich Ihnen nicht geben."
„Ok," der Kommissar sah ihn an, „den Übersetzer können wir uns sparen." „Ich bin in Neukölln geboren," war die lapidare Antwort. „Nach Neuköllner Hauptschule hört sich Ihre Sprechweise aber nicht an." „Na, na, keine Diskriminierung des Neuköllner Schulwesens." Der Kommissar sah wieder in die Akte. „Dafür, dass Sie auf einem Schweizer Internat waren, ist Ihre regionale Identität aber sehr ausgeprägt." „Das sagt ein Spandauer!" sein Gegenüber lächelte spöttisch. Der Kommissar: „Das bin ich nur beruflich, aber Sie leben in Neukölln." „Für meine

Familie ist es die Heimat, also ist es auch meine Heimat."

Barleben mischte sich ein: „Das Problem der Identitätsbestimmung ist eigentlich nicht der Anlass des Gesprächs." „Des Verhörs", verbesserte der Kommissar. Sie haben in Spandau den Apotheker Gerland Flaschendreher getötet."

Der Beschuldigte machte erst gar nicht den Versuch zu leugnen. „Ich weiß, sie haben einen Zeugen und genetische Spuren." Barleben musste unwillkürlich lächeln, als er an den Zeugen ‚Kutte' dachte, aber der wissenschaftliche Beweis würde soundso ausreichen. „Eine Spandauer Frau hat zu uns Kontakt aufgenommen, weil ein Dealer ihr gesagt hatte, er verkaufe den Stoff für uns. Sie wollte handeln ... mit uns ... wenn einer Preise aushandelt, dann sind das orientalische Völker." „Und deshalb musste er sterben?" fragte Barleben. „Nein, sie erzählte, er würde alle Drogen und Steroide machen können, wie er das als Student gemacht hatte. Sie hat ihn wohl erpresst. Der Mann war doch schon ‚verbrannt', wenn er nicht machen würde, was Erpresser von ihm wollten, würde man ihn dem Apothekerverband melden, dann wäre es aus mit Karriere." „Und das wollten Sie für sich nutzen?" Der Beschuldigte sah dem Kommissar lächelnd an. „Diese Frage können Sie unseren Anwalt stellen. Aber wir haben dem Herrn vor der Apotheke seine Lage geschildert. Darauf hat er meinen Groß-Cousin angegriffen. Ich musste ihm zu Hilfe kommen. Den Rest können Sie gern mit meinem Anwalt besprechen."

Der Kommissar wirkte plötzlich genauso kalt wie sein Gegenüber. „Für uns genügt das, um den Rest kümmert sich die Drogenfahndung. Schade übrigens um Ihre teure Ausbildung, aber vielleicht bringen Sie es ja in den nächsten Jahren zum Knast-Chronisten." Kreidler nickte dem Kollegen an der Tür zu. Der verließ mit dem plötzlich sehr schweigsamen feinen Herrn das Büro.

Ralf schüttelte den Kopf. „Der Schlusssatz war doch unnötig." „Hat aber gut getan … Jetzt können wir zum Bürgermeister."

„Dann pass auf, dass das Rathaus nicht während unserer Anwesenheit überfallen wird." Wolfgang sah ihn erschrocken ein. „Du meinst, dass arabische Clans unser Rathaus wegen uns überfallen." Ralf lachte, „soweit wird es nicht kommen, aber lies mal den Bericht des Bürgermeisters Koeltze." „Hieß der nicht Silbereisen, oder so?" Wolfgang grinste Ralf an, der hatte aber wieder seine Historiker-Nert-Miene aufgesetzt. „Silbermann, aber vor knapp hundert Jahren hieß er Koeltze, Friedrich Wilhelm Georg Koeltze, 1852 geboren, 1939 gestorben, Oberbürgermeister von Spandau, der nach der ‚Befreiung Spandaus' von den Spartakisten in Rente ging.

1919 wurde tatsächlich das Rathaus überfallen und musste von Freikorps-Brigaden aus Döbritz wieder frei geschossen werden." „Döbritz, Du meinst das Fort Hahneberg?" „Nicht ganz, der Truppenübungsplatz war zeitweise der größte Europas, mit 300 Jahren Geschichte, das wird nicht so Deine Welt sein. Die Angreifer waren jedenfalls die Spartakisten vom ‚Arbeiter- und Soldatenrat‘, die nach der Abdankung des Kaisers in Spandau die Macht übernommen hatten."

Wolfgang sah nach dem Besuch und der Gratulation durch den Bürgermeister … leider ohne Festmahl wie zu Joachims Zeiten … die Carl-Schurz-Straße entlang auf das ruhige Leben der Spandauer Altstadt und dachte so bei sich: ‚Ich muss mich doch mal der Geschichte von Spandau befassen, was die hier schon alles erlebt haben."

Laut sagte er zu Ralf: „Danke!" Der wirkte überrascht, „Wofür?" Sie gingen einige Schritte weiter. „Ich ahne jetzt, wie ich meine Arbeit einzuordnen habe gegenüber denen, die vor mir für die Sicherheit dieses Ortes verantwortlich waren."

„Na, dann geht es ja sicher weiter." Ralf führte zwei Finger zur Stirnseite. „Ich bin dabei!"